快樂的死

LA MORT HEUREUSE

卡繆 Albert Camus——著
梁若瑜——譯

目次

第一部

自然的死

梅爾索呀，對於一個出身良好的人而言，快樂從來不是件複雜的事。只需要把一切的命運重拾在握，憑的不是放棄的意志，一如很多假偉人那樣，而要憑追求快樂的意志。只不過，達到快樂，需要時間。需要很多時間。快樂本身也是一種漫長的耐心。在幾乎各種情況下，我們耗盡一生去賺錢，但明明該用錢來賺取時間。這個呢，就是向來唯一讓我感興趣的問題。它很明確，很具體。

第一章

上午十點，派崔斯·梅爾索以規律的步伐走向薩格勒斯的別墅。這個時間，看護出門買菜，家中無旁人。時值四月，是個璀璨而冷冽的美麗春天早晨，晴朗而冰冷的天空，掛著個燦爛但毫無暖意的大太陽。別墅附近，山丘上林立的松樹之間，清淨的光芒順著樹幹流洩而下。沿路空無一人。這條路是緩升坡。梅爾索手裡提著行李箱，於世間壯麗的這一天踏在冰冷的道路上，在短促腳步聲以及行李箱把手規律的嘎吱聲中，他前進著。

快到別墅之前，這條路通抵一個設有長椅和綠地的小廣場。灰色的蘆薈間摻雜著提早開花的紅色天竺葵，蔚藍的天空和塗了白色灰泥的籬笆牆，這一切如此新鮮又淘氣，梅爾索忍不住佇足了一會兒，才再踏上通往薩格勒斯別墅的下坡小路。到了門口，他停在原地，戴上手套。他打開那殘人向來刻意開著的門，然後順勢將門關上。他步入長廊，來到左側第三道門前，敲門進去。薩格勒斯就在裡面，斷廢的兩條腿上蓋著一條格子毯，他人在壁爐旁，就坐在沙發上，亦即梅爾索兩天前坐的那個位子。薩格勒斯正在閱讀，書本放在毯子上，他瞪大了雙眼，直盯著現在站在關上了門的門口的梅爾索，薩格勒斯眼中絲毫不見驚訝之意。窗簾是拉開的，地上、家具上，以及物品之間，灑落著幾灘陽光。窗外，早晨在金黃而冷冽的大地上歡笑著。一股冰冷的喜悅、群鳥不安的嗓子所發出的尖銳叫聲，以及豐沛滿溢的無情光芒，使早晨顯得天真無辜而真實。梅爾索停了下來，房間內的悶熱直撲他喉嚨和雙耳。儘管氣溫變暖了，薩格勒斯仍讓壁爐燃燒著熊熊烈火。梅爾索感到血液衝上太陽穴，在耳垂怦怦跳著。對方依然不發一語，只以目光注視他的一舉一動。梅爾索走向壁爐另一側的矮櫃，不顧那殘人，逕自把行李箱放在桌上。他感覺腳踝隱約顫抖著。他停下腳步，點了根菸放入口中，因為戴著手套，點起菸來不由得笨拙。背後傳來一個小聲音。他嘴裡叼著菸，轉過身來。薩格勒斯依然盯著他，但剛把書闔上。梅爾索一面感覺到爐火幾近灼痛地烤著他的膝蓋，一面看了看倒反的書名——巴爾塔沙·葛拉西安所著的《智慧書》。他低頭毫不猶豫地把矮櫃打開。黑色手槍熠熠發亮，宛如一隻優雅的貓鎮著薩格勒斯的那封白色的信。梅爾索左手拿起信，右手拿了槍。猶豫了片刻後，他把槍夾到左腋下，把信拆開。裡頭僅只一張大張的信紙，紙上寥寥幾行薩格勒斯偌大稜硬的字跡：

我只不過是滅除了半個人而已。還請見諒。小矮櫃裡的，用來償付服務我至今的人員，應綽綽有餘。此外，我並希望該筆款額能用於改善死囚的伙食。但我亦深知此乃奢求。

梅爾索一臉肅然，把信紙摺好，此時，香菸的煙燻痛了他的眼睛，些許菸灰掉落在信封上。他把信抖了抖，放到桌上顯眼的地方，隨即轉向薩格勒斯。薩格勒斯現在凝視著信封，他短而粗壯的雙手擱在書本旁。梅爾索低頭轉動矮櫃裡小保險箱的鑰匙，取出一捆捆紙鈔，紙鈔用報紙包裹著，只看得到紙鈔的末端。他一手夾著槍，單手將鈔票一一放入行李箱。櫃裡百張一捆的紙鈔不到二十捆，梅爾索發現自己帶來的箱子太大了。他在櫃裡留下一捆一百張的紙鈔。蓋上行李箱後，他把抽了一半的菸扔入爐火，然後右手握著槍，走向那殘人。

薩格勒斯現在望著窗外。可聽到一輛汽車緩緩從門前經過，發出輕微的磨合聲。薩格勒斯一動也不動，似乎正盡情端詳這個四月早晨了無人性的美感。感覺到槍口抵著自己的右太陽穴時，他並未移開目光。梅爾索望著他，發現他眼裡滿是淚水。結果是梅爾索閉上了雙眼。他後退了一步，然後開槍。他依然緊閉著雙眼，倚靠了牆壁一會兒，感覺到耳朵的血液仍怦怦跳著。他看了看。頭倒向左肩，身軀幾乎未歪斜，只是薩格勒斯已不復見，只看得到一個巨大傷口上鼓脹的腦漿、顱骨和鮮血。梅爾索開始打哆嗦。他繞到沙發的另一側，匆忙拿起薩格勒斯的右手，讓它握住手槍，把它舉到太陽穴的高度，再任它垂落。槍掉到沙發的扶手上，再掉到薩格勒斯的腿上。在這過程中，梅爾索看了薩格勒斯的嘴巴和下巴，表情就和他剛才望著窗外時一樣地嚴肅而悲傷。這時，門外響起一道尖銳的喇叭聲。這不真實的召喚又迴盪了一次。梅爾索依然低頭望向沙發，不為所動。一陣汽車車輪轉動聲，意味著肉販離去了。梅爾索拎起行李箱，把門打開，金屬門栓被一束陽光照得閃閃發亮，他旋即頭昏腦脹且口乾舌燥地走出房間。他打開大門，大步離開。四下無人，僅小廣場角落有一群孩童。他逐漸遠離。抵達廣場時，他頓時意識到氣溫之寒冷，在薄西裝外套下渾身發抖。他打了兩次噴嚏，小山谷裡迴盪起嘲笑般的清晰回音，由清澈的天空愈送愈高。他腳步有些踉蹌，暫時佇足，用力呼吸。從藍色的天際降下千千萬萬個白色小微笑。它們嬉戲在仍滿是雨水的葉子上，在巷弄裡濡濕的石板上，飛向鮮紅色屋瓦的房舍，再拍翅向上，遨向它們剛剛才從中滿溢出來的空氣和陽光之湖。在那上方飛行的一架極小的飛機，傳來一陣輕柔的隆隆聲。在空氣如此奔放而天空如此富饒之下，似乎人唯一的任務就是要活著且活得快樂。梅爾索的一切靜閉了。第三度噴嚏撼醒了他，他感覺自己似乎因發燒而顫慄著。於是在行李箱的嘎吱聲和腳步聲中，他未環顧四周便逃跑了。回到家裡，他把行李箱丟在角落，旋即躺到床上，睡到下午三、四點。

第二章

夏天讓港口盡是喧譁和陽光。時間是十一點半。太陽彷彿從中央剖開來，以極其沉重的暑氣壓迫著碼頭堤道。阿爾及爾商會的貨棚前，一艘艘黑色船身、紅色煙囪的貨輪正把一袋袋麥子裝上船。細微塵埃的芬芳，融入熾熱太陽孵烤出來的柏油厚重氣味中。一艘散發著釉漆和茴香酒清香的小舟前，一些人正喝著酒，幾名穿著紅色緊身衣的阿拉伯雜耍員，在發燙的石板地上，一而再、再而三地翻轉身體，陽光也在一旁的海面上跳躍著。扛著貨袋的碼頭工人未理會他們，逕自踏上從碼頭跨向貨輪甲板的兩塊彈韌長條木板。到了上方，工人身後的背景頓時只剩下天空和海灣，他們身處在數座捲揚機和船桅之間，停下來片刻，心曠神怡地面向天際，兩眼炯炯有神，臉上覆蓋著一層白色厚厚的汗水與塵土，然後才盲目般潛入瀰漫著沸熱鮮血氣味的底艙。在酷熱的空氣裡，一陣尖銳的鳴笛聲不絕於耳。

長條木板上，工人忽然停下腳步，亂成一團。他們其中一人跌落厚木板之間，幸好厚木板排列密集，托住了他。但他的手臂拐到了背後，被那袋很重的貨物壓斷了，他痛苦地哀嚎。這時，派崔斯·梅爾索從辦公室出來。一到門口，酷暑令他窒息。他吸入了滿口的柏油熱氣，喉嚨像被刮了一般，然後走到碼頭工人那頭。他們已將傷者抬出來，他倒臥在木板上和塵土之間，嘴唇因痛楚而發白，於手肘上方斷了的手臂就這麼垂著。一截碎骨從皮肉穿出，可怕的傷口淌著血。鮮血沿著手臂迴旋流下，一滴一滴落在發燙的石板上，形成微小的滋滋聲，輕煙自滴落處緩緩升起。梅爾索靜靜不動地望著鮮血，忽然有人拉他的手臂。是埃曼紐，那個「跑腿的小伙子」。他向他指了指一輛正朝他們而來、發出鍊索和氣爆轟隆巨響的卡車。「走吧？」梅爾索開始奔跑。卡車從他們面前經過。他們立即追上去，被淹沒在噪音和飛揚塵土中，氣喘吁吁又視線不清，心神的清楚程度只夠感覺到在捲揚機和其他機具的狂亂節奏中，自己被狂奔的衝勁帶動著，伴隨的還有海平線上船桅的舞動，以及他們經過的瘋瘋皮膚般船身的搖晃。梅爾索對自己的體力和彈跳力很有自信，率先施力，一躍而上；他協助埃曼紐躍上車斗，兩人坐下來、垂著雙腿。於是在白濛濛的塵土、從天降下的光亮暑氣、豔陽，和由滿是船桅和黑色起重機的港口所構成的巨大神奇場景中，卡車急速遠離，行經高低不平的堤道路面時，梅爾索和埃曼紐的身體顛簸不已，他們笑得上氣不接下氣，渾然地感到迷炫。

抵達貝爾庫後，梅爾索和埃曼紐下了車，埃曼紐唱著歌，唱得又大聲又走音。「你知道的，」他對梅爾索說，「是自然而然從胸口湧出來的。我高興時會這樣，去玩水時也會這樣。」的確如此。埃曼紐總是一面游泳一面唱歌，歌聲因水壓而變得低沉，在海上是聽不到的，但和他短而健壯的手臂動作節奏一致。他們取徑里昂街。梅爾索昂首闊步，他身材高大，擺動著寬而厚實的肩膀。他跨步登上人行道的姿態，和優雅扭腰避開擋住了他的人群的模樣，可以感覺得出這個軀體特別年輕且有活力，能夠帶領它的主人體驗最極致的肢體享受。休息時，他刻意展現身體柔軟度似地，全身只倚放於單側臀部，像個透過運動已然明瞭自己身體風格的人一樣。

他的雙眼在略顯突起的眉框下閃爍著，一面和埃曼紐聊著，圓滑而靈活的嘴唇噘了起來，他下意識地拉了拉領口，讓脖子透透氣。他們走進慣常去的餐館。他們坐下來，默默用餐。曬不到太陽的室內涼爽許多。有蒼蠅聲、盤子碰撞聲，以及交談聲。老闆謝雷思特朝他們走過來。他身型高大，留著八字鬍，撩起圍裙抓了抓肚子，再任圍裙垂落。「還好嗎？」埃曼紐問。「和老人一樣。」他們寒暄閒聊。謝雷思特和埃曼紐交換了幾聲驚嘆的詞語，互相拍了拍肩膀。「其實老人呀，」謝雷思特說：「他們有點蠢。他們說五十歲的男人才是真正的男人，但這是因為他們自己五十幾歲了。我呀，有個朋友，他只要能和兒子在一起就很快樂。他們一起出去玩，到處找樂子。他們也去賭場，我朋友說：『幹嘛要我和一群老人出去？他們每天盡說自己吃了瀉藥，或說肝在痛。我還不如跟兒子出去。有時他去泡妞，我便假裝沒看見，自己去搭電車。再見，多謝了，我玩得很開心。』」埃曼紐笑了。「當然，」謝雷思特又說，「他不是什麼顯赫人物，但我挺喜歡他。」接著又對梅爾索說：「我寧可這樣，也不喜歡我以前的一個朋友那樣。他成功了以後，跟我說話頭總抬得老高，相當做作。現在他沒那麼跩了，他什麼都沒了。」

「活該。」梅爾索說。

「咳，做人也別太苛刻了。他及時把握住好機會，那樣是對的。他弄到了九十萬法郎耶……唉！如果是我多好！」

「你會怎麼做？」埃曼紐問。

「我會買一棟小木屋，在肚臍上塗一點膠水，再插一支旗子。這樣我就能等著看風從哪邊吹來。」

梅爾索安安靜靜地吃著。後來埃曼紐向老闆聊起他在法國馬恩省打過的那場戰役。

「我們這些佐阿夫[1]呀，被編入輕步兵營……」

「你煩死人了。」梅爾索冷淡地說。

1 佐阿夫（zouave），法國軍隊中的輕步兵，一八三一年於阿爾及利亞成軍，成員原為阿爾及利亞人，後全改為法國人。

「指揮官說：『衝呀！』我們就走下去了，那裡像壕溝，只有一些樹。他們叫我們把槍上膛，但眼前一個人也沒有。我們就這樣往前一直走，一直走。忽然間一堆機關槍朝我們亂掃，所有人統統倒地，跌疊在一起。死傷的人好多好多，壕溝裡血流成河，都能划小船了。有些人大喊：『媽！』太淒慘了。」

梅爾索站起來，把餐巾打了個結。老闆去廚房門後面記下他的餐點。門是老闆的帳本。有異議時，他就把門整片拆下來，把帳目扛出來。老闆的兒子賀奈，在角落吃著水煮蛋。「可憐的傢伙，」埃曼紐說：「他的胸口有毛病。」的確如此。賀奈通常沉默又嚴肅。他並不會太瘦，眼神很明亮。此時，一位客人正向他解釋說肺結核「只要願意花時間仔細治療，是可以痊癒的。」他頻頻點頭，一面吃一面凝重地應著。梅爾索來吧台坐在他旁邊，點了杯咖啡。那客人繼續說：「你認不認識尚．佩雷茲？就是瓦斯公司的那個。他死了。他只是肺有毛病，但他堅持出院回家。家裡有老婆，而他當老婆是匹馬。生病害他變成那樣。你知道，他總是在他老婆身上。她不願意，但他凶得很。結果每天都來個兩、三回，生病的人就這麼沒命了。」賀奈嘴裡含著一塊麵包，不禁停止咀嚼，愣望著對方。「是呀，」他終於說：「壞事來得快，但去得慢。」梅爾索在滿布霧氣的大咖啡壺上用手指寫著自己的名字。他眨了眨眼睛。從這個靜默寡言的肺結核病人，到滿腔歌聲的埃曼紐，梅爾索的生活每天在咖啡味和柏油味之間來回擺盪，與他自身很疏離，他漠不關心，也遠離了他陌生的心和真相。相同的事情，在其他情況下本該深深吸引他，現在卻不想再談論，因為他正親身體驗著它們，直到他回到房間，用盡全身的力氣和謹慎，去滅熄在自己內心燃燒的生命之火。

「梅爾索，你比較有素養，你倒是說說。」老闆說。

「夠了，改天再說。」梅爾索說。

「唷，今天早上是吃獅子了你。」

梅爾索莞爾，從餐館出來，過馬路，上樓回到自己的房間。他房間位在一家馬肉鋪樓上。從陽台向外探頭，就能聞到血腥味，還能看到招牌上寫著：「人類最高貴的戰利。」他躺在床上，抽了根菸，隨即入睡。

他待的這個房間，是昔日母親的房間。他們在這個三房的小公寓已住了很久。只剩下他一人後，他便把另兩個房間租給朋友介紹的一位製桶匠，他和他姊姊一起住；他自己則保留了最好的房間。他母親死時五十六歲。她長得美，以為可以憑著美貌過上好日子、大放光采。年約四十時，她得了一場重病。她無法再穿華服、施脂粉，只能穿病人服，臉龐因可怕的浮腫而變形，雙腿水腫使她不良於行，整個人毫無活力，最後變得半瞎，只能在毫無色澤、無力整頓的屋子裡盲目摸索。最後一擊既突然又短暫。她原本即有糖尿病，但她不以為意，漫不在乎的生活方式又加重了病情。他不得不中斷學業，工作賺錢。直到母親死以前，他仍持續閱讀和思考。十年期間，生病的母親忍受著這種生活。這場折磨歷時太久，周圍的人都習慣了這場病，並忘了病情若太嚴重可能會致命。某天，她死了。附近的人很同情梅爾索。大家對葬禮很是期待，紛紛談起這位兒子對母親的深刻情感，也懇請遠房親戚切勿哭泣，以免徒增梅爾索的哀傷。大家請求他們要保護他，要多關心他。他呢，穿上自己最好的行頭，手裡拿著帽子，注視著一切籌備事宜。他跟隨了送殯隊伍，參與了宗教儀式，撒了那一撮土，也和許多人握了手。對於載送賓客的車輛這麼少，他僅這一次感到意外並表達了不滿。僅只一次而已。隔天，公寓的一扇窗戶即出現一張告示：「出租」。如今，他住在母親的房間。以前，儘管貧窮，有母親伴隨，自有一種溫馨感。晚間，他們聚在一起，在煤油燈旁靜靜地吃東西，這種簡約和靜謐，有一種隱而不宣的幸福感。四周的巷弄安靜無聲。梅爾索望著母親無奈的嘴，他笑了。她也笑了。他繼續吃飯。燈有點冒煙。母親以相同的疲憊手勢調整燈，即僅伸長右手，身體往後仰。「你不餓了。」稍後她說。「不餓了。」他或抽菸或閱讀。前者情形時，母親會說：「又抽菸！」後者情形則說：「把燈拉近一點，不然眼睛要壞了。」如今，孤獨一人的貧窮，卻是一種悲慘的不幸。每當梅爾索哀傷地想起逝去的母親，其實他是在可憐自己。他大可另找更舒適的住所，但他割捨不下這棟公寓和它貧窮的氣味。在這裡，至少他還能回到昔日的記憶，而在他刻意低調隱匿自己的人生中，這種沉重而漫長的對照，讓他得以在悲傷和懊悔的時刻過日子。他保留了門上的一塊灰色紙板，紙板邊緣已起毛，上面有母親用藍色鉛筆寫著他的名字。他留下了那張鋪著錦緞的老銅床，以及祖父的肖像，祖父留著短鬍子，淺色的眼珠靜靜不動。壁爐上，有一座停擺的老時鐘，周圍環繞著男男女女的牧羊人擺飾，還有一盞他幾乎從不點燃的煤油燈。略微凹陷的麥稈編椅、鏡面泛黃的衣櫃，和缺了一角的盥洗小桌[2]，這些令人退避的景象，對他而言不存在，因為習慣早已將一切磨蝕殆盡。他這樣是漫步在一個影子般的公寓裡，完全不需耗費力氣。若換了別的房間，他勢必要重新習慣，也必須掙扎一番。他想要盡量減少自己在世上的面積，並沉睡到一切耗盡為止。基於這個目的，這房間很適合他。它一側面向馬路，一側面向一個總是晾滿衣物的陽台，陽台再過去一些則是幾片由高牆圍著的狹小橘樹果園。偶爾，夏天夜裡，他讓房間一片漆黑，並打開面向陽台和陰暗果園的那扇窗。隨著夜愈來愈深，濃郁橘樹的氣味飄上來，如薄圍巾般攬住他。整個夏夜，他的房間，乃至於他自己，都沉浸在既撲朔迷離

2 自來水尚未普及的年代，臥室裡的盥洗小桌常配有大水壺和水盆，乃至鏡子，供梳妝盥洗。

又濃烈的芳香中，彷彿了無生氣了好幾天後，他首度打開自己的人生之窗。

他醒來時滿嘴睡意，渾身大汗。時候很晚了。他梳了梳頭髮，衝下樓去，跳上電車。兩點零五分時，他已在辦公室內。他的工作場所是個大廳室，四面牆壁共有四百一十四格櫃架，各疊滿了卷宗。這廳室既不髒也不陰森，但終日讓人感覺像個骨灰存放處，死去的時光在此腐化。梅爾索核對提領單、翻譯英國船隻的補給品清單，三點到四點之間接待欲寄送包裹的客人。當初應徵的這個工作，他其實並不喜歡。但起先，他覺得這不失是一道通往人生的出口。這裡有許多富有活力的臉孔，有熟人，有一條通道和一陣氣息，讓他終於感覺得到自己的心跳。他藉此逃離了辦公室組長朗格盧瓦先生和三位打字小姐的臉孔。其中一位打字小姐長得挺漂亮，不久前剛結婚。另一位與母親同住。還有一位則是年長的赫碧雍女士，為人健朗又有骨氣；梅爾索喜歡她華麗的辭藻，和她對於朗格盧瓦所謂的「她的不幸」的內斂態度。朗格盧瓦與赫碧雍女士曾數度交鋒，每次總是她勝出。她瞧不起朗格盧瓦，因為汗水常使他的褲子緊貼著屁股，也因為他一見到主任就慌亂不已，有時在電話裡一聽到某位律師或狀似名氣響亮人物的名字，他也會緊張。這個可憐的傢伙總努力親近赫碧雍女士，或試著討好她，但徒勞無功。這天晚上，他在辦公室裡晃來晃去。「赫碧雍女士，您也覺得我這個人不錯吧？」梅爾索翻譯著英文「蔬果，蔬果」，一面望著頭上的燈泡和綠色紙板摺成的燈罩。他面前有一份色彩鮮豔的日曆，日曆上的圖是遠洋漁民[3]的朝聖節[4]。濡指台、吸墨

3 遠洋漁民（Terra-Neuvas），指十六至二十世紀間，每年自歐洲沿岸遠赴加拿大捕獵鱈魚的漁民。

4 朝聖節（le pardon），法國不列顛地區的傳統天主教慶典。

紙、墨水和尺規在他桌上一字排開。從他的窗戶可看到由黃色和白色貨輪自挪威運來的成堆大型木材。他豎起耳朵聽。牆壁外面，人生在海上和港口無聲而深沉地一次次呼吸，離他既遙遠又靠近……六點的鐘聲釋放了他。這天是星期六。

回到家裡，他躺到床上，睡到晚餐時間。他煎了幾顆蛋，未裝盤就直接從鍋子裡吃掉（沒配麵包，因為他忘了買），然後躺下來，立刻睡著，睡到隔天早上。他於快要午餐前醒來，梳洗完畢，下樓用餐。回來後，他填了兩個字謎遊戲，小心翼翼剪下一幅庫魯申食鹽的廣告，貼入一本已貼滿了廣告上那位下樓梯逗趣老爺爺圖片的簿子裡。完成這件事後，他洗了洗手，去陽台。下午天氣很好。不過路面油膩骯髒，路人稀少且行色匆匆。他仔細凝視每個路人，直到那人出了視線範圍，再找個新的路人繼續凝視。最初是外出散步的一家人，兩個小男孩穿著水手裝，短褲到膝上，拘束的衣著令他們姿態僵硬；

還有個小女孩打著粉紅色大蝴蝶結，穿著黑色亮皮皮鞋；他們後方的母親一身咖啡色絲質長裙，長得腦滿腸肥；父親手持柺杖，較為斯文。稍後經過的是住在這一帶的幾個年輕人，頭髮抹著髮油，紅色領帶配上非常合身、有鑲邊小口袋的西裝外套，腳上穿方楦頭皮鞋。他們要去市中心的電影院，正趕著搭電車，嘻笑得非常大聲。他們之後，街頭逐漸空曠。各處的表演已經開始。現在這一帶只剩顧店的店主和貓了。街道沿路榕樹上方的天空儘管晴朗，卻無光澤。梅爾索對面的菸商，拉了張椅子到自家小鋪門口，跨坐到椅子上，雙手抵著椅背。剛才人滿為患的電車，現在幾乎空空盪盪。皮埃絡小咖啡館裡，服務生在無人的店內清掃著地上的塵屑。梅爾索學菸商那樣，把椅子反過來坐，連抽了兩根菸。他回去房間裡，掰了一塊巧克力，回到窗邊吃。不久天色變暗，隨即又撥雲見日。但來了又走的雲，彷彿在街頭留下了必將下雨的承諾，使街上顯得暗沉。五點時，電車在喧鬧中抵達，從郊區的體育館載回一群又一群站在踏板上和倚著欄杆的足球觀眾。之後的電車則是載回球員，由他們所提的小箱子即可輕易辨認。他們大聲地又喊又唱，說他們的隊伍不會完蛋。好幾人向梅爾索打招呼。其中一人高喊：「我們痛宰了他們！」梅爾索只搖了搖頭說：「是呀。」車輛愈來愈多。有些車在擋泥板和保險桿上插滿了花。接著，這一天又邁進了一些。屋頂上方的天空染上一層紅。暮色降臨之際，街上又熱絡起來。散步的人回來了。累了的孩子，有的哭鬧，有的由大人牽著走。此時，附近電影院散場的觀眾如潮水般湧入街上。梅爾索看到，年輕人出來時果決而誇大的手勢，無異如旁白般暗示著他們看了一部冒險片。從市區戲院回來的人則較晚才到。他們神情比較嚴肅，笑聲和喧鬧之間，在眼神中和姿態上，彷彿又浮現出對電影裡看到的光鮮亮麗生活的懷念。他們流連街頭，來來去去。梅爾索對面的人行道上，最後形成了兩股人潮。未戴帽子而互攬著彼此手臂的妙齡女子，構成了其中一股人潮。另一股是年輕男子，說出一些玩笑話，聽得她們笑著別過頭去。嚴肅的人們走進咖啡館，或一群一群站在人行道上，流水般的人潮如繞過小島嶼那樣繞過他們。街道現在燈火通明，電燈使夜空乍現的星星相形失色。梅爾索下方的人行道滿載著長長的人潮。燈光照得油膩的路面發亮，遠方的電車不時把光耀投射在秀髮上、濕潤的嘴唇上、一抹微笑上，或一條銀手鍊上。不久，電車班次減少，路樹和路燈上方的天空已黑，巷弄無形之間空盪了，首度有貓緩緩穿越再次空無一人的街頭。梅爾索思量著晚餐的事。由於抵靠著椅背太久，他脖子有點痠。他下樓買了麵包和麵條，自己煮來吃。他回到窗邊。許多人步出戶外，天候轉涼了。他打了個寒顫，關上窗戶，回到壁爐上方的鏡子前。除了某些晚上瑪莎來家裡找他，或他和她出去，或他和突尼斯那些女性朋友往來以外，在這盞骯髒煤油燈和幾塊麵包擺在一起的房間，他的一生都呈現在鏡中的泛黃晝面裡。

「又熬完一個星期天。」梅爾索說。

第三章

梅爾索晚間在街頭漫步，看到光影映耀在瑪莎臉龐時，他自豪地感覺一切都顯得無比容易，一如自己的力量和勇氣。她每天細膩如醉般傾倒給他的這份美，他很感謝她願意在他身旁公開地展露出來。若瑪莎黯淡無光，他必會像看到她向其他男人投懷送抱一樣地痛苦。他很高興今晚和她一起走進戲院，當時影片即將開始，廳內已幾乎坐滿。她在各方仰慕的目光中，走在他前頭，一臉的秀麗和笑容，美不勝收。他則手拿著帽子，感到一種超然的自在，彷彿自內心意識到自己本身的優雅。他表露出一種疏遠而認真的神情。他過度禮貌，自己後退讓女帶位員先過，在瑪莎坐下之前先替她把座椅放下。這比較不是為了展現什麼，而更是因為心中的感激讓他心情澎湃，對所有的人都充滿了愛。如果他給了女帶位員過於大方的小費，那也是因為他不知該如何償付自己的喜悅。他乃是透過日常的舉動，崇拜著一位女神，她的燦爛笑容在他眼中猶如油水般光澤明亮。中場休息，在牆上鋪滿了鏡子的休息室內走動時，鏡中映出的是他快樂的臉；他高大深色的身影，以及穿著淺色衣服瑪莎的笑容，為廳室匯聚了優雅而有朝氣的畫面。當然，他喜歡自己所看到的這張臉，香菸周圍的嘴巴略微顫動，稍顯凹陷的雙眼中帶著相當的狂熱。這有什麼好意外的，一個男人的容貌，告示著隱晦而實用的真相——從他臉上可讀出他能做的事。相較於女人臉龐那華麗的徒勞無用，這又有什麼了不起的。梅爾索深知這一點，他慶幸自己如此虛榮，對著自己的祕密陰暗面微笑著。

回到放映廳時，他心想如果他是獨自前來，絕不會於中場休息離席，寧可抽菸或聽聽此時播放的輕音樂唱片。但今晚遊戲繼續。只要是能延長遊戲或讓遊戲重新開始的機會都是好的。準備坐下來時，瑪莎向坐在後方幾排的一名男子打招呼回禮。輪到梅爾索回禮時，他察覺男子似乎嘴角有一抹淺淺的微笑。他坐了下來，並未意會到瑪莎向他說話時把手搭在他肩上，若是一分鐘前，他一定把這視為她傾心於他的新證據，欣然接受。

「他是誰？」他說，深知必會被一派自然地回問「誰？」果不其然。

「你知道的。那個男的……」

「喔……」瑪莎說，隨即沉默不語。

「所以呢？」

「你很堅持要知道嗎？」

「沒有。」梅爾索說。

他稍微回頭。那男子望著瑪莎的頸背，臉上表情分毫未變。他相當俊美，嘴唇很紅，但眼睛無神，有點膚淺。梅爾索感覺到一波波血液直衝太陽穴。他的目光變得黑暗，眼前這個完美場景幾個小時以來的亮麗色彩，忽然間變得骯髒漆黑。他哪需要聽她說什麼。他很確定，那個男的一定和瑪莎上過床。而一股不安在梅爾索心中逐漸加劇，他無法不去想那個男的心裡可能在想的事。他心知肚明，因為他自己也曾經想過：「你再逞強嘛……」一想到那個男的，此時此刻，可能正回想著瑪莎的某些特殊舉止、想著她歡愉時把手臂放到額眉的模樣，一想到那個男的也曾試圖撥開這隻手臂，欲閱讀她眼中掀起的晦暗波濤神采，梅爾索就感到內心一切崩垮了。戲院鈴響提醒節目即將開始時，他閉著的眼睛裡，憤怒的淚水正醞釀著。他忘記了瑪莎原本只不過是他快樂的藉口，現在卻成了他活生生的憤怒。梅爾索緊閉雙眼許久，後來才對著銀幕睜開。銀幕上一輛汽車翻覆，而在樂音一片安靜中，只有一個輪胎繼續緩緩滾動，固執地轉動過程中，摻入了梅爾索心情惡劣所產生的羞愧和恥辱。但他內心因為亟需確認，暫時忘卻了自尊：

「瑪莎，他曾是你的情人？」

「對。」她說，「但現在我只想看片子。」

這天起，梅爾索開始在意瑪莎。他於幾個月前認識她，被她的美和優雅深深吸引。她的臉有點寬大但工整，散發著金光的眼睛和抹著完美胭脂的嘴唇，讓她簡直像個臉部彩繪的女神。眼神中閃爍的一絲純真糊塗，更加凸顯了她那疏離而冷淡的神情。到目前為止，每當梅爾索和女人產生了初步認真的肢體接觸，他深知不幸的是感情與欲望是以相同的方式表達，於是他總在將對方擁入懷裡之前就先想像分手。但瑪莎到來的時候，梅爾索正看破了一切和他自己。擔心失去自由或害怕無法自主，是仍懷抱著希望的人才會有的顧慮。對於那時的梅爾索而言，一切都不重要了。瑪莎首次倒臥他懷裡，當他從因接近而變得模糊的五官線條之中，看到了在此之前如畫中花朵靜靜不動的嘴唇，忽然活躍起來向他親近時，他並未透過這個女人看到未來，而是他所有的欲望力量都集中到她身上，他整個人被這個「表象」所注滿。她所湊過來的唇，宛如來自一個毫無激情又充滿欲望的世界的訊息，他的心在其中必能獲得滿足。對他而言，這猶如奇蹟。他的心激動莫名，使他差點把這當成愛情。當他的牙齒感覺到那飽滿又柔嫩的肉體時，他用自己的嘴唇撫摸了許久，又以一種野蠻的自由狂躁地啃咬。她當天即成為他的情婦。過了一段時日，他們做愛的默契已臻至完美。可是認識她更深以後，他漸漸感受不到從她身上閱讀到的這種奇特性，當俯在她唇上時，他有時仍想要讓這奇特性浮現。瑪莎已習慣了梅爾索的拘謹和冷漠，因此她從來不明白為何某天，在一輛載滿乘客的電車上，他竟向她索吻。她訝異地順從了。於是他如他所喜歡的那樣吻了她的唇，先是以自己的嘴唇撫摸它們，再緩緩啃咬它們。「你怎麼了？」她事後問。他露出了她所喜歡的那種笑容，是充當回答的短促微笑，並說：「我想使壞。」隨即沉默不語。她也不明白梅爾索的用詞。在那個身體自由且放鬆了而心醉意濃的時刻，梅爾索會以一種只有面對溫馴的狗才有的溫柔關愛態度，微笑對她說：「表象，你好。」

瑪莎是打字員。她並不愛梅爾索，但對他有所依戀，因為他令她好奇，也滿足她的虛榮。自從那天梅爾索向她介紹了埃曼紐，而埃曼紐如此形容梅爾索：「你知道嗎，梅爾索呀，他是個好人。他肚子裡有東西，但都悶著不說。所以，大家都誤會他。」之後，她便對他充滿好奇。由於他能在纏綿時讓她快樂，她便也別無他求，只盡量享受這個從不向她要求什麼、讓她隨時願意來就來的安靜而寡言的情人。

面對這個她看不出破綻的男人，她只是有點不自在罷了。

然而這天晚上，從戲院出來時，她發現仍有東西可撥動梅爾索的心弦。她整晚緘默不語，在他家過夜。他整夜未碰她。但此時此刻起，她利用了自己的優勢。她已經告訴過他她曾有其他情人。她打算找到必要的證據。

隔天，她一反常態，一下班就去他家。她發現他正在睡覺，於是坐在銅床的床尾，沒吵醒他。他穿著襯衫，捲起了袖子，露出健壯古銅色手臂上的白色內衣。他胸部和腹部同步規律地呼吸。眉間的皺紋，賦予他一種她所熟知的有力而固執的表情。他的鬈髮落在膚色很深的額頭上，一條鼓鼓的血脈橫跨在額上。他就這麼躺著，雙臂擺在身體旁，一腿半是彎曲著，宛若一個孤立而頑固的天神，於沉睡中降臨一個陌生的世界。面對他飽滿而脹滿睡意的嘴唇，她渴望他。這時，他微微睜開雙眼，隨即閉上，無怒意地說：

「我不喜歡人家看我睡覺。」

她攬住他的脖子，擁抱親吻他。他無動於衷。

「噢，親愛的，又是你的怪規矩。」

「別叫我親愛的，行嗎？我已經跟你說過了。」

她躺到他身旁，望著他的側影。

「真不曉得你這樣像誰。」

他把褲子拉起來，背對著她。從電影演員、陌生人，或戲劇演員身上，瑪莎經常能認出某些梅爾索也有的舉動或特殊癖好。透過這一點，他能看出自己對她的影響，但平常能滿足他虛榮的這種本事，今天卻令他厭煩。她貼著他的背，於是腹部和乳房感受到他睡覺所產生的強烈熱氣。夜色很快降臨，房間陷入陰暗。從公寓裡傳來挨打孩童的哭聲、貓叫聲和甩門的聲音。路燈照亮了陽台。電車稀稀落落地經過。電車經過後，附近一帶由茴香酒和烤肉構成的氣味，一股一股沉重地飄上房間來。

瑪莎感到睡意襲來。

「你好像生氣了。」她說，「昨天就已經生氣了……所以我才來找你。你不想說說嗎？」她搖了搖他。梅爾索不為所動，在已然漆黑的房間中，凝視著盥洗小桌下一隻鞋子的明亮曲線。

「你知道，」瑪莎說，「昨天那個男的呀，其實，我說得太誇大了。他沒當過我的情人。」

「沒當過？」梅爾索說。

「嗯，不算是。」

梅爾索不發一語。那些舉動和笑容歷歷在目……他咬牙切齒。然後他起身，打開窗戶，回來坐在床上。她窩向他，把手伸入他襯衫的兩個釦子之間，撫摸他的胸膛。

「你有過幾個情人？」他終於說。

「你好煩。」

梅爾索緘默了。

「十來個吧。」她說。

梅爾索一睏就想抽菸。

「我認識他們嗎？」他說，一面把菸盒掏出來。

瑪莎臉龐的位置，他只看得到一片白亮。「就像做愛時一樣。」他心想。

「認得幾個吧。這一帶的。」

她把頭向他肩膀磨蹭，說話如小女孩般嗲聲嗲氣，梅爾索總會因此軟化下來。

「孩子，聽著，」他說，點燃香菸，「你得體諒我。你要答應我，一定要告訴我他們的名字。至於其他我不認識的那些人，你也要答應我，假如我們遇見了，你要指給我看。」

瑪莎突然後退：「我才不要！」

房間下方，一輛汽車粗暴地按了聲喇叭，再一次、又一次，按了許久。電車的鈴聲在夜色中叮叮作響。盥洗桌的大理石桌面上，鬧鐘的滴答聲十分冰冷。梅爾索吃力地說：

「之所以這麼請求你，是因為我了解自己。如果不讓我知道，那麼我每次遇到一個男的，都會是相同的情形。我會起疑，會胡思亂想。就是這樣。我會想太多。不知道你是否明白。」

她明白得不得了。她說出了那些情人的名字。其中只有一人梅爾索不認識。最後一個是他認識的年輕人。他想的就是這個人，因為他知道他長得俊俏，很受女人青睞。做愛這件事最令他震驚的，至少是第一次令他這麼震驚，是女人居然能接受親密感到這種程度，居然能如此輕易讓一個陌生人的肚子貼著自己的肚子。從這種隨性、放縱和意亂情迷之中，他認出了做愛令人激昂而卑劣的力量。梅爾索起先把瑪莎和她情人之間的關係想像成這種親密感。這時，她移至床邊，把左腳放到右腿上，脫了一隻鞋，又脫了另一隻，任由它們掉到地上，一隻側躺著，一隻以它的高跟直立著。梅爾索感到喉嚨哽咽，胃裡有什麼東西在翻騰。

「你以前和賀奈在一起時就是這個樣子嗎？」他微笑說。

瑪莎抬起頭。

「你想到哪裡去了？」她說，「他只當過一次我的情人。」

「喔。」梅爾索說。

「再說，那次我連鞋都沒脫。」

梅爾索站起來。他想像她穿著衣服，仰臥在一張與此相同的床上，毫無矜持地獻出自己。他大喊：「住嘴！」隨即走向窗邊。

「噢，親愛的！」瑪莎邊說邊在床上坐起來，穿著長襪的腳踩在地板上。

梅爾索望著路燈在電車軌道上變幻的光影，藉此讓自己冷靜。他從來不曾像現在和瑪莎感覺這麼親近。他也頓時明白，自己向她更敞開了一些。自尊在他眼中燃燒。他回到她身旁，以拇指和彎起的食指，捏了捏她耳朵下方溫暖的脖子肌膚。他微笑了。

「那個薩格勒斯呢，他又是誰？只有他，我不認識。」

「他呀，」瑪莎笑著說，「我有時仍會見見他。」

梅爾索手指把肌膚捏得更用力了。

「你知道，他是我的第一個。當時我年紀還很輕，他稍稍年長一些。現在他兩條腿斷了，自己一個人住，所以我偶爾會去看看他。他是個有學問的好人，隨時隨地都在看書。當年他是大學生。他很開朗。反正就是個人嘛。而且他也跟你說一樣的話，他會對我說：『表象，來這裡。』」

梅爾索思索著。他放開瑪莎，她閉上眼睛，倒回床上。過了一會兒，他坐到她身旁，俯向她微張的嘴唇，試圖尋找她那野獸式神性的蹤跡，尋求忘掉一份他自認可恥的痛苦。但他僅僅吻了她而未更進一步。

送瑪莎回家的路上，她向他談起薩格勒斯：「我向他提起了你。」她說，「我告訴他，我的親愛的很帥又很強。結果他說他想認識認識你，他說：『看到美麗的軀體，能幫助我呼吸順暢。』」

「又是個愛把事情弄得複雜的傢伙。」梅爾索說。

瑪莎原本想討他歡喜，以為此刻正適合上演她預想的吃醋橋段，她覺得這算是她欠他的。

「噢，他才沒有你那些朋友那麼複雜。」

「什麼朋友？」梅爾索真誠訝異地問。

「就是那些小笨妞呀，你知道嗎？」

那些小笨妞，是指蘿絲和克萊兒，是梅爾索以前認識的突尼斯大學生，她們也是他生活中還保持來往的少數幾個人。他微笑了，從背後攬著瑪莎的脖子。他們漫步了許久。瑪莎住在軍事操練場附近。那條街很長，上層成排的窗戶閃耀明亮，下層則全是關閉的商店，黑暗又陰沉。

「親愛的，你不愛那些小笨妞嗎？」

「才不。」梅爾索說。

他們走著，梅爾索的手放在瑪莎的頸背上，被長髮的暖熱所覆蓋。

「你愛我嗎？」瑪莎直截了當地問。

梅爾索頓時精神來了，笑得很大聲。

「這問題挺嚴肅的。」

「快說。」

「哎，我們這個年紀，沒有相愛這回事，只有互相順眼而已。要到後來，又老又無力了，才可能相愛。在我們這個年紀，我們只是自以為相愛，僅此而已吧。」

她顯得悲傷，但他擁吻了她。「再見，親愛的。」她說。梅爾索從黑漆漆的巷弄回來。他走得很快，清楚感覺到滑順材質布料長褲下的大腿肌肉活動，不禁想起薩格勒斯和他殘斷的雙腿。他興起了認識他的念頭，決定請瑪莎引見。

第一次見到薩格勒斯時，梅爾索感到十分厭煩。然而，對於兩個情人在該女子也在場時相見所可能產生的尷尬，薩格勒斯已設法降低。他試圖拉攏梅爾索，稱瑪莎是「大家閨秀」，並笑得很大聲。梅爾索搭不上話。只剩他和瑪莎時，他立刻如此不客氣地告訴她。

「我不喜歡廢人。我看不順眼，會令我無法思考。愛逞強的廢人，我更不喜歡了。」

「噢，你喔，」沒聽懂話中之意的瑪莎說，「瞧你把話說得……」

可是後來，起初令他厭煩的薩格勒斯的孩子氣笑聲，終究吸引了他的注意力，令他好奇。於是再次見到薩格勒斯時，使梅爾索產生偏見且難以掩飾的嫉妒之意消失了。每當瑪莎一派無辜地談及她當年認識薩格勒斯的時光時，他會說：

「你不用浪費時間了。我無法嫉妒一個沒有腿的人。就算想像你們倆在一起，我頂多覺得他像蜷在你身上的一條肥蛆。你明白了吧，我只想笑而已。寶貝，別白費力氣了。」

後來他又獨自去找薩格勒斯。薩格勒斯話說得多又快，笑著，隨即沉默。在薩格勒斯所在的大房間裡，有他的藏書和摩洛哥銅器，有壁爐火焰，焰光映在書桌上高棉佛像低調的臉上，梅爾索在這裡感覺很好。他聆聽薩格勒斯說的話。這個殘人最令他震撼的，是他說話前會先思考。其餘的，如這個可笑軀幹的內斂熱情和他所過的慷慨激昂生活，都足以吸引梅爾索，並讓梅爾索心中萌生一種或可稱為友誼的東西——若願把心態放寬一些的話。

第四章

星期日下午，羅蘭．薩格勒斯說了很多話又開了很多玩笑後，在壁爐邊，身上裹著白色毯子，靜靜坐在大輪椅上。梅爾索倚靠著書櫃，隔著窗戶的白絲簾紗，望著天空和田野。他來的時候，飄著綿綿細雨，由於怕太早到，還在田野間晃了一個鐘頭。天色陰霾，雖然聽不到風聲，梅爾索卻看到樹木和枝葉在小山谷中無聲地彎折。馬路那頭，一輛行經的牛奶貨車發出一陣巨大的金屬和木器噪音。幾乎與此同時，下起滂沱大雨，水淹窗戶。傾盆大水猶如一層厚重的油，遮蔽了門窗，遠方空洞的馬蹄聲現在比貨車噪音更清晰可聞，久久不退的無聲大雨、壁爐旁的殘人，乃至於房間內的寂靜，一切都蒙上一種懷舊的面貌，無聲的憂鬱情懷滲入梅爾索的心，一如剛才雨水滲入他濕了的鞋子、寒氣滲入他只穿著單薄布料褲子的膝蓋。片刻之前所降下來的既非霧亦非雨的水氣，如巧手般洗淨了他的臉，並裸露出蒙著厚重黑眼圈的雙眼。現在他凝望天際，烏雲不斷飄來，即將消逝，即將被取代。他長褲的燙褶消失了，一個正常男人漫步在自己專屬世界時所擁有的熱力和自信，也隨之消失了。因此他才會湊到壁爐和薩格勒斯旁，和他面對面坐下來，略微處在高大壁爐煙囪的影子下，但依然看得見天空。薩格勒斯看了看他，別過頭去，把左手握的一團紙扔進火中。這個舉止如以往一樣可笑，看到這個如行屍走肉的軀體，令梅爾索感到不自在。薩格勒斯笑而不語。他忽然低頭望向他。火焰只照亮他左側臉頰，但他聲音和眼神中有某種東西充滿了熾熱。

「你看起來累了。」他說。

梅爾索感到尷尬，只答：「對，我覺得無聊。」過了一會兒，他抬起頭，走向窗邊，看著窗外又說：「我想要結婚、輕生，或訂閱《畫報》。總之就是個無可奈何的舉動吧。」

對方微笑了：

「梅爾索，你很窮。這有一半說明了你為何如此憤世。至於另一半，是因為你居然荒謬地同意自己貧窮。」

梅爾索依然背對著他，凝望著風中的樹林。薩格勒斯用手心撫平裹在腿上的毯子。

「你知道，男人若欲評判自己，總是看自己是否懂得讓身體的欲求和心智的要求兩者取得平衡。你呢，梅爾索，你正在評判自己，而且評判得極其嚴苛。你活得很苦，像野蠻人一樣。」他把頭轉向梅爾索：「你喜歡開車，對吧？」

「對。」

「你喜歡女人嗎？」

「如果漂亮的話。」

「我的意思便是如此。」薩格勒斯轉向壁爐。

過了一會兒，他開口說：「所有這些啊……」梅爾索轉過身來，倚靠著背後略微彎曲的窗戶，等著薩格勒斯把話說完。薩格勒斯卻緘默不語。一隻蒼蠅貼著窗戶嗡嗡叫。梅爾索轉過來，用手困住牠，又把牠放了。薩格勒斯看著他，略顯猶豫地說：

「我不喜歡說話太嚴肅。因為那麼一來，只剩一件事可談：個人對於自己人生的印證接納。我呢，就看不出該如何印證接納這雙斷腿。」

「我也是。」梅爾索說，說話時並未轉身。

薩格勒斯忽然爽朗大笑。「多謝，你真是一點遐想的餘地也不留給我。」他語氣一轉，「但你這樣嚴苛是對的。然而有件事，我想對你說。」然後他嚴肅地沉默下來。梅爾索過來坐在他面前。

「你聽著，」薩格勒斯說，「並好好看看我。我需要靠別人幫忙我如廁。完事後還要幫我清洗和拭淨。更糟的是，我得花錢請人做這件事。即使如此，我對人生深具信心，絕不會做出任何舉動來縮短它。我願接受更嚴重的事，譬如盲或啞，隨你說什麼都好，只求我肚子裡還能感受到這股隱晦而熾熱的烈火，它即是我，即是生氣盎然的我。我一心只想感謝人生容許我得以繼續燃燒。」薩格勒斯有點喘，往後仰靠。現在比較看不到他的臉，只見得到毯子映在他下巴的蒼白光影。他繼續說：「而你，梅爾索，擁有這般體魄，你唯一的課題就是要活著並要快樂。」

「別說笑了。」梅爾索說，「每天要上班八個鐘頭。唉！我若能自由多好！」

他愈說愈起勁，就像有時候那樣，又燃起希望。今天感覺有人從旁協助，更是如此了。終於能信賴某人，讓他頓時又萌生自信。他稍微讓自己冷靜一些，捻熄一根菸，較平穩地繼續說：「幾年前，大好人生擺在眼前，別人跟我談我的人生、談我的未來，我都說好。我甚至去做為此該做的事。可是在當時，這一切對我便已顯得陌生。我成天忙的，只是讓自己盡量毫無特色。不要快樂，不要『反對』。薩格勒斯，我說得不太清楚，但你應該明白。」

「明白。」對方說。

「現在呀，要是有時間……我只要盡量放縱自己就行了。一切額外得到的嘛，就像雨水落在石頭上。雨水能讓石頭清涼，這樣已經很棒了。改天，它將被太陽曬得滾燙。我一向覺得，快樂完完全全就是這樣子。」

薩格勒斯雙手交叉在胸前。接下來的沉默中，雨勢似乎變本加厲，烏雲膨脹成一團不明顯的霧氣。房間內變暗了一些，彷彿天空把所負載的陰影和寂靜傾倒了進來。薩格勒斯認真地說：

「每個身軀總有個和它相稱的理想情境。容我說的話，該是石頭的理想情境，可是需要一個半人半神的身軀來支持。」

「的確，」梅爾索有點意外地說，「但也不用說得太誇張。我很常運動，就這麼簡單。在身體感官上，我能夠獲得極大的享受。」

薩格勒斯沉思著。

「是呀，」他說，「很替你高興。了解自己身體的極限，這就是真正的心理。再說，這也不重要。我們沒有時間好好做自己。我們沒有時間快樂。不過，你是否介意詳述一下你所說的讓自己毫無特色？」

「不介意。」梅爾索說，隨即沉默。

薩格勒斯啜了一口茶，剩下的一大杯棄置不飲。他一天只想小解一次，因而喝得很少。憑著堅強的意志，他幾乎總能把隨著每一天而來的羞辱降到最低。「能少則少，這也是一種創紀錄呀。」他某天曾如此告訴梅爾索。幾滴水首度從煙囪落入壁爐裡。火光搖曳。窗上的雨勢加劇。某處有一道門砰然關上。對面的馬路上，一輛輛汽車如油亮老鼠般飛竄而過。其中一輛按了一聲很長的喇叭，在山谷間，那空洞而淒涼的聲音更加拉大了這濕漉漉世界的空間，直到連它的回憶本身，對梅爾索而言，都成了這片天空寂靜和憂傷的一部分。

「薩格勒斯，還請你見諒，但某些事情我已很久沒再提起了。所以我不記得，或記不清楚了。當我看著自己的人生和它隱晦的色澤，我內心彷彿有一股激動的淚水。就像這片天空一樣，既是大雨又是豔陽，既是中午又是子夜。啊，薩格勒斯！我回想著吻過的那些唇，回想著自己曾是的那個窮苦孩子，回想著某些時刻令我激昂的人生躁動和野心。那些全都是我。我相信一定有某些時候，你甚至認不出我來。極盡的不幸，過分的快樂，我也說不上來。」

「你同時遊走於好幾個層面？」

「是的，但不是隨便玩玩而已。」梅爾索激動地說，「每當我想著自己內心所走過的痛苦和喜悅，我就知道，而且非常清楚地知道，我所參與的這場戲局，是所有當中最認真、最刺激的。」

薩格勒斯微笑了。

「所以你有事要做？」

梅爾索用力大聲說：

「我得養活自己。我的工作，別人能忍受得了的八個小時工作，阻礙了我。」

他沉默了，點燃了一直夾在手指間的菸。

「然而，」他說，手中的火柴仍燃著，「要是我有足夠的體力和耐心……」他吹了吹火柴，把焦黑的一頭按在左手背上，「……我很清楚自己能有什麼樣的人生。我不會把人生當成實驗，我自己就是我人生的實驗……是的，我很清楚什麼樣的熱情會讓我充滿力量。以前我太年輕了，把自己擺在正中央。如今我明白了，」他說，「行動和愛和受苦確實是活著，但這樣算活著的前提是，人願意隱形並接受自己的命運，就像一道人人都相同的喜悅和熱情的彩虹，其映影是獨一無二的。」

「是呀，」薩格勒斯說，「但你不能兼顧工作和這種生活……」

「不能，因為我處於憤慨狀態。這樣不好。」

薩格勒斯閉口不言。雨停了，天空中，夜色取代了烏雲，現在房間內已近乎漆黑，只剩壁爐的火明亮地照耀著殘人和梅爾索的臉。薩格勒斯沉默了許久，看著梅爾索，只說：「愛你的人，將得承受很多痛苦——」他錯愕地打住，因為梅爾索忽然上前一步，臉在陰影中，激動地說：

「別人對我的愛，不能逼迫我做任何事。」

「的確如此，」薩格勒斯說，「但我只是說出所想的而已。有一天，你將獨自終老，就是這樣。你請坐下，聽我說。你說的話令我很震撼，尤其是其中一件事，它證實了人身經驗所教我的一切。梅爾索，我非常喜歡你；其實也是因為你的體格。是它教導了你一切。今天我覺得似乎可以對你敞開心扉說話。」

梅爾索緩緩坐下來，他的臉龐進入已接近尾聲而轉偏紅的爐火光線裡。窗戶的方框中，絲質簾紗外面，忽然像是夜晚拉開了序幕。窗外有什麼東西展開了。一片乳水般的光芒漫入房間內。梅爾索從佛像淡定而低調的嘴唇上和鐫刻的銅器上，認出了他所深愛的星月之夜那熟悉而稍縱即逝的臉孔。夜晚彷彿褪去了替身般的烏雲，現在祥穩地綻放著自身的光采。馬路上，車輛的速度放慢了。小山谷深處，突如其來的一陣騷動，為群鳥醞釀睡意。房子前方傳來腳步聲，而在這個夜晚籠罩世間的乳水光芒裡，聲音迴盪起來更寬廣也更清亮。在紅澄澄的火光、屋內鬧鐘的律動，以及四周熟悉物品的祕密生活之中，一首隱而未顯的詩遂編織成形，醞釀著讓梅爾索以另一種心境、信心和愛，接收薩格勒斯即將說的一番話。他稍向後靠坐，在這片天空前，聆聽薩格勒斯的奇特故事。

「我確信，」他侃侃而談，「人沒有錢不可能快樂。就是這樣。我不喜歡方便行事，也不喜歡多愁善感。我喜歡把事情看得清清楚楚。所以呢，我發現某些菁英分子，他們精神上自命清高，以為金錢不是快樂所必要的。那很蠢，不是真的，而且某種程度上是懦弱的。

「梅爾索呀，對於一個出身良好的人而言，快樂從來不是件複雜的事。只需要把一切的命運重拾在握，憑的不是放棄的意志，一如很多假偉人那樣，而要憑追求快樂的意志。只不過，達到快樂，需要時間。需要很多時間。快樂本身也是一種漫長的耐心。在幾乎各種情況下，我們耗盡一生去賺錢，但明明該用錢來賺取時間。這個呢，就是向來唯一讓我感興趣的問題。它很明確，很具體。」

薩格勒斯停下來，閉上眼睛。梅爾索固執地繼續望著天空。一會兒，馬路上和田野的聲音變得清晰，薩格勒斯不疾不徐接著說：

「噢！我深知多數有錢人對快樂一點概念都沒有。但這不是問題所在。有錢，就是有時間。這就是我的論點。時間可以用買的。凡事都能買。身為有錢人，或變成有錢人，就是在配得上快樂時，有時間可以快樂。」

他注視著梅爾索：

「梅爾索呀，我二十五歲時，便已明白任何人只要對快樂有概念、有意願且有要求，便有權當個有錢人。要求要快樂，在我看來，是人心中最高貴的一件事。在我眼中，凡事皆可以這個『要求』天經地義地說明。為此，只需要一顆純真的心。」

薩格勒斯依然注視著梅爾索，忽然說話變慢了，語氣冰冷而嚴肅，彷彿想吸引看似心不在焉的梅爾索的注意力。「二十五歲時，我開始賺大錢。我不惜使詐，不惜做任何事。短短幾年，大筆現金財富便已到手。梅爾索，你想想呀，將近兩百萬呢。世界為我敞開。有了世界，就能過我夢寐以求的孤獨而熱切的生活……」過了一會兒，薩格勒斯以較低沉的聲音繼續說：「或該說是我原本要過的生活！梅爾索，因為不久即發生那場奪去我雙腿的意外事故。我未能了結……而現在，就這樣了。所以，你應該能明白，我也不願過有所減損的人生。二十年來，我的錢就在這裡，在我身邊。我過得很儉樸。那筆錢幾乎分文未動。」他用堅實的手撫了撫眼皮，略微壓低聲音說：「絕不能以廢人的吻玷污了人生。」

這時，薩格勒斯打開了緊鄰著壁爐的小矮櫃，裡面有個帶有鑰匙的泛黃大鋼盒。盒子上放了一封白色的信和一把黑色大手槍。梅爾索不由得感到好奇，薩格勒斯僅報以微笑。事情很簡單。每當那剝奪了他人生的悲劇令他心情太沉重時，他就把這封信擺在面前，信上未標示日期，只闡述了他求死的意願。然後他把槍擺在桌上，把槍口拉過來，貼著自己的印堂，滑過自己的太陽穴，用金屬的冰冷，冷卻臉頰的燥熱。他就這樣好長一段時間，任由手指沿著扳機遊走，玩弄保險卡槽，直到他四周的世界沉寂下來，整個人已被沉沉睡意籠罩，沉浸在這個又冰又鹹、可能冒出死亡的金屬槍口的感覺裡。透過這樣去感受自己僅僅需要在信上標示日期並開槍，透過這樣去體驗求死竟是這般輕易時，他知道自己的想像力足夠生動，讓他得以驚駭地看清否定人生的意義，於是他把這股想要在尊嚴和沉默中繼續燃燒下去的渴望悉數帶入夢寐之中。然後，他徹底醒來，口中滿是已然苦澀的唾液，他舔舐槍口，把舌頭伸進去，終於因無比的快樂而呼嚎。

「當然，我的人生毀了。但我所言有理：要不計代價追求快樂，抵抗這個以愚蠢和暴力將我們包圍的世界。」薩格勒斯終於笑了，又說：「梅爾索呀，我們文明社會的卑劣和殘酷，盡見於『快樂的民族沒有歷史』這句俗語。」

現在時候很晚了，梅爾索也不知確切時間。他腦海中翻騰著一股狂躁的興奮。他嘴裡殘留著香菸的餘溫和酸澀。四周的火光依然幽微。聆聽故事以來，他首度望向薩格勒斯：「我想我懂。」他說。

薩格勒斯因過度勞累而疲倦，默默地喘氣。沉默一陣子後，他吃力地說：

「我想要澄清一下。請別誤以為我說金錢能造就快樂。我的意思只是，對於某個階層的人而言，快樂是可能的，前提是要有時間；而且，有錢，就能擺脫錢的束縛。」

蓋著毯子的他，癱坐在椅子上。夜色完全籠罩，現在，梅爾索幾乎看不到薩格勒斯了。接著是一片長長的沉默。梅爾索為了重拾聯繫，在黑暗中確認此人的存在，便站起來，彷彿摸索般地說：

「這種險，值得一冒。」

「是的。」對方沉沉地說，「最好賭這種人生，不要賭別種人生。至於我的，當然，又另當別論了。」

「一個廢物。」梅爾索心想，「一無可取。」

「二十年來，我無法體驗某種快樂。吞噬我的這個人生，我將未能徹底了解它；而死亡最令我恐懼的，是它將讓我很確定，我的人生耗盡時，我從未參與其中。我被擱置一旁了，你明白嗎？」

一陣很大聲的年輕笑聲，突如其來從陰暗中傳來：

「梅爾索呀，這意思是，其實，即使像我現在這模樣，我仍懷有希望。」

梅爾索朝桌子走了幾步。

「好好想想這一切，」薩格勒斯說，「好好想想這一切吧。」

對方只說：「我能點燈嗎？」

「請。」

薩格勒斯的鼻翼和圓滾滾的眼睛在明亮的光線下顯得更加蒼白。他費力地呼吸。梅爾索向他伸手，他卻搖搖頭，且笑得很大聲。「你別太認真看待我說的話。你知道，別人看到我斷腿所露出的那種愁苦表情，總是令我厭煩。」

「他根本是尋我開心。」梅爾索心想。

「只要認真地看待快樂就好。好好想想吧，梅爾索，你有一顆純真的心。好好想想。」然後他直視他的雙眼，過了一會兒：「而且你還有兩條腿，那樣也挺好。」

他於是微笑，並搖了搖一只小鈴：

「你該走了，小子，我得要尿尿了。」

第五章

星期日晚上回到家後，梅爾索所有的思緒都環繞著薩格勒斯。進入自己房間之前，他聽到製桶匠卡鐸納房內傳來啜泣聲。他敲了敲門，沒有回應。啜泣聲並未中斷，他毫不猶豫推門而入。製桶匠卡鐸納蜷縮在床上，像個孩子般哭得抽抽噎噎。他腳邊有一張老婦人的照片。「她死了。」他非常費力地告訴梅爾索。這是真的，但已經是許久以前的事了。

他重聽，半啞，凶惡又暴戾。他一直與姊姊同住，但她受夠了他的凶狠和專橫，躲去她的孩子那裡，留下他孤獨一人、手足無措，就像個第一次不得不自己打掃和下廚的男人。某天梅爾索在街上遇到他姊姊，她向他訴說他們的爭執始末。當時卡鐸納三十歲，個子矮小，還算俊美。打從孩提時期，他便與母親同住。母親是唯一令他心生些許畏懼的人，這份畏懼較無實質根據，比較是出於迷信。他以他那粗野的性格愛著她，愛得既粗魯又暴烈，他表達愛意最深情的方式，莫過於費力地以最粗鄙不堪的字眼謾罵神父和教會，藉以嘲弄這位老婦人。他之所以和母親同住這麼久，也是因為他不曾對任何女人產生過認真的情感。不過，少數的幾次豔遇或妓女院，仍讓他得以自稱是個男人。

母親死後，他便和姊姊同住。他們所住的房間，是梅爾索租給他們的。姊弟倆相依為命，費力地攀爬骯髒又黑暗的漫長人生。他們話不投機，往往好幾天互相不說一句話。現在她搬走了。他太高傲，不願訴苦或請她回來，便獨自一人生活。早上，他去餐館用餐，晚上則從肉店帶熟食回家。他會清洗內衣和厚重的藍色工人服，但房間則任它陷入最噁心的髒亂。起初，到了星期日，他偶爾會拿起抹布，試圖整頓一下房間。但他身為男人的笨拙，在一片凌亂中展露無遺——曾經擺了飾品和鮮花的壁爐上，如今竟擱了一只鍋子。他所謂的整頓，其實是掩飾髒亂，是用抱枕把亂放的東西遮住，或把各種稀奇古怪的玩意兒堆到櫃子裡。到後來，他厭倦了，索性連床被也不收摺，和狗睡在又髒又臭的床單上。他姊姊曾對梅爾索說：「他去咖啡館總是表現得很得意。但洗衣坊老闆娘告訴我，她曾看到他一面洗衣服一面掉眼淚。」事實上，這個人看起來再怎麼強硬，某些時刻他心中仍被恐懼占據，因而了解到自己有多麼孤單失落。她以前當然是因為可憐他才和他同住，她如此告訴梅爾索。但他阻撓她和她所愛的人見面。在他們這個年紀，這種事已不太重要。對方是個有婦之夫，他帶來從郊區籬笆摘採的鮮花，以及從遊樂場贏來的橘子和燒酒送給女友。誠然，他長得不帥，但俊美的外表並不能當飯吃，再說他那麼爭氣。她很在乎他，他也很在乎她。愛情，不就是這麼一回事嗎？她會替他洗衣服，努力讓他保持整潔。他習慣把手帕摺成三角形綁在脖子上，她便替他把手帕洗得白白亮亮，那是讓他很高興的一件事。

可是她弟弟呀，卻不願她和男友來往。她只能偷偷和他幽會。她曾邀他來家中一次。弟弟毫無心理準備，結果吵得不可開交。他們離去後，三角形手帕遺落在房間一個骯髒的角落，她從此躲去兒子家。梅爾索望著眼前骯髒的房間，想著那條手帕。

當年，大家其實很同情卡鐸納這麼孤單。他曾告訴梅爾索，自己或許可能結婚。對方是位較年長的女人。她大概期盼著能投入年輕而雄壯的懷抱裡……她在結婚前便已如願以償。過了一段時日，她男友放棄了結婚的計畫，說他覺得她太老了。從此，他獨自住在這個小房子裡。漸漸地，污垢包圍他、占領他、攻據他的床，然後以無可挽回的方式淹沒了他。這房子太醜陋了。而對於一個不喜歡待在家裡的窮人而言，有另一個容易進出、富裕、明亮且隨時歡迎光臨的家：咖啡館。這一帶的幾家咖啡館尤其活躍。館內瀰漫著群體聚集的熱絡氣氛，是對抗孤獨的恐懼及其朦朧召喚的最後庇護所。寡言的卡鐸納把咖啡館當作自己的家。梅爾索每天晚上要嘛在這家、要嘛在那家總看到他。藉由咖啡館，他盡可能拖延回家的時刻，又找回自己在人世間的一席之地。這天晚上，想必咖啡館未能充分撫慰他。回到家以後，他大概是拿出了這張照片，喚醒已逝往事的回音。他再度看到自己曾經深愛並嘲弄的母親。在髒亂的房間裡，獨自面對著自己一文不值的人生，他匯聚起最後一點力量，體認著這段曾經讓他快樂的過去。至少不得不相信是如此，而且要相信在那段過去和落魄現在的兩者交界處，迸出了一絲神聖的火花，因為他竟然哭泣了。

一如每次遇見人生中突發的強烈事件時，梅爾索感到失去力量，而且對這種野獸般原始的痛苦充滿敬畏。他在又髒又皺的被單上坐下來，把手放在卡鐸納肩膀上。在他面前，桌子的防水帆布桌巾上，雜亂堆著一盞酒精燈、一瓶酒、一些麵包屑、一塊乳酪，以及一個工具箱。天花板結著蜘蛛網。自從自己的母親死後，梅爾索不曾再踏入這個房間，現在他以這裡有多麼骯髒和污穢淒苦，估算著這個人走過多麼漫長的路。面向內院的窗戶是關閉的。另一扇窗也才開一條縫。懸吊著的煤油燈周圍環繞著一圈小型紙牌，平靜的圓形光線投射在桌面、梅爾索和卡鐸納的腳上，以及牆邊一張面對著他們的椅子上。這時卡鐸納把照片握在手中凝視著，一面親吻，一面以沙啞的聲音說：「可憐的媽媽。」但他這樣也是在可憐自己。她被葬在城市另一頭的殘破墓地，梅爾索很熟悉那裡。

他想要離開了。他刻意清楚咬字，好讓對方聽得懂：

「你─別─這─樣。」

「我沒有工作了。」對方吃力地說，然後舉著照片，以斷斷續續的聲音說：「我很愛她。」梅爾索自行翻譯成：「她很愛我。」「她死了。」而他聽出是：「我很寂寞。」「過節時，我做了這個小桶子送她。」壁爐上有個箍著銅環、附有晶亮水龍頭的漆木小桶。梅爾索放開卡鐸納的肩膀，卡鐸納無力地倒向骯髒的枕頭。床底下傳來一抹深深的嘆息和一股噁心的惡臭。狗緩緩鑽爬出來。牠把有著長長耳朵和瑩亮眼睛的頭放在梅爾索膝蓋上。梅爾索望著小桶子。在這個人用力呼吸的髒亂房間裡，梅爾索手指頭能摸到狗的溫度，他閉上眼睛，感受著內心長久以來首度如海水般漲起的絕望。面對眼前的不幸和孤獨，他的心今天說：「不。」而在襲上心頭的強烈悲愴中，梅爾索深深理解到，內心唯一真實的是他的憤慨，其餘的只是貧苦和逆來順受。昨天在他窗台下活躍的街道，此時變得更加喧鬧了。陽台下方的樹園裡，飄來陣陣草氣。梅爾索遞了根菸給卡鐸納，兩人默默抽菸。

最末幾班電車走了，一併帶走有關人們和光影依然鮮明的回憶。卡鐸納睡著了，不久，滿是淚水的鼻子鼾聲大作。狗蜷縮在梅爾索腳邊，偶爾抖動一下，在睡夢中呻吟著。牠每動一下，體味就直撲梅爾索而來。他則倚靠著牆，試圖壓抑心中對人生的憤慨。那盞燈冒煙、燒焦，最後終於在極臭的煤油味中熄滅。梅爾索打瞌睡，醒來時眼睛正注視著那瓶酒。他非常吃力地站起來，走向靠內側的窗戶，站在窗邊。從一片深夜，飄上來呼喚和寂靜。在沉睡的世界盡頭，一艘船漫長地呼喚人們出發、重新啟航。

隔天，梅爾索殺了薩格勒斯，回家後，睡了一整個下午。他醒來時發著燒。到了晚上，他依然臥床，請附近的大夫來，診斷他得了風寒。辦公室的一名員工前來探詢，帶走了他的請假單。過了幾天，一切底定：一篇報導，一份調查。薩格勒斯的舉動完全合情合理。瑪莎來探望梅爾索，嘆道：「有時候，真羨慕他。但有時候，活下來比自殺更需要勇氣。」一星期後，梅爾索搭船前往馬賽。他告訴大家，自己要去法國定居。瑪莎收到一封他從里昂寄來的分手信，這只傷了她的自尊心。同時，他告訴她，中歐有人提供他一個絕佳的職位。瑪莎寫了一封存局待取的信給他，向他訴說她的痛苦。這封信從未送達梅爾索手上。他抵達里昂的隔天，一時心血來潮，跳上一班駛往布拉格的火車。然而，瑪莎告訴他，薩格勒斯在太平間停留數天後被安葬了，用了好多個枕頭才讓他的軀體得以在棺木裡固定。

第二部

有意識的死

他看得很清晰。女人的愛，他期盼已久。他卻不適合愛。這輩子以來，從港口的辦公室、他的房間和睡夢、他的餐館和情人，他一直苦苦尋覓一種幸福，而在內心深處，他其實認定這種幸福是不可能的，就像世上所有人一樣。他只是假裝自己想要快樂，從來不曾有意識地刻意如此要求。從來不曾如此，直到那一天……而從那一刻起，只因為一個清楚思量計算過的舉動，他的一生改變了，於是幸福似乎變得可能了。

他想必是在痛苦中創造出嶄新的人。

第一章

「我想要一間房間。」那人以德語說。

櫃檯服務員站在一片吊滿鑰匙的大板子前，與大廳之間隔著一張大桌子。他打量剛進來的這人，此人肩上披著一件灰色長風衣，說話時別過頭去。

「沒問題，先生。住一晚嗎？」

「不是，我不知道。」

「我們的房間有十八、二十五和三十克朗的。」

梅爾索望著旅館玻璃大門外的那條布拉格小巷子。他雙手放在口袋裡，一頭打結的頭髮上未戴帽子。幾步路之外，聽得到電車從溫塞拉斯大道下來所發出的嘎吱聲。

「先生，請問您想要哪種房間？」

「隨便。」梅爾索說，說話時眼神依然凝視著玻璃大門。服務員從板子上取了一把鑰匙遞給梅爾索。

「十二號房間。」他說。

梅爾索似乎甦醒了。

「這房間多少錢？」

「三十克朗。」

「太貴了，我要一間十八克朗的。」

服務員不發一語，取了另一把鑰匙，向梅爾索指著垂掛在鑰匙上的銅質星星：「三十四號房間。」

梅爾索坐在自己房間裡，脫掉外套，把領帶拉鬆，下意識地捲起襯衫袖子。他走向洗手台，從上方的鏡子看到一張疲憊的臉孔，臉色有些乾黃，數日未刮的鬍子也遮掩不了。頭髮在搭火車的途中亂了，零散地垂在額頭上，落在眉宇的兩道深深皺紋處，賦予他眼神一種嚴肅又溫和的表情，令他頗為詫異。他這時才想到要看一看房間四周，這是他現在唯一擁有的，除了它，其他的他暫且想像不到。一條令人作嘔的灰底大黃花圖樣地毯上，各式各樣高低起伏的污垢，描繪出一個個悲慘黏稠的世界。巨大的電暖氣後方，是油膩膩又髒兮兮的角落。電開關壞了，銅線裸露在外。一張排骨床架的床上方，一條沾滿污垢、上面附著了陳年乾枯蒼蠅殘骸的細繩，繫著一顆沒有燈罩且油膩黏手的燈泡。梅爾索查看了倒還乾淨的床單。他從行李箱取出盥洗用具，一一放在洗手台上。他打算洗手，但才打開水龍頭又關上，轉而去打開沒有窗簾的窗戶。從窗戶看出去是個有洗衣池的後院，以及多面鑿著小窗的牆壁，繫在牆壁間的曬衣繩上晾掛著衣物。梅爾索躺下來，立即睡著。他醒來時滿頭大汗，衣衫不整，在房間內轉晃了一會兒。然後他點了根菸，坐下來，腦袋空白地望著縐巴巴長褲上的縐褶。睡意的苦澀和香菸的苦澀，在他口中摻雜在一起。他隔著襯衫搔抓腰間，一邊再度環顧房間。面對如此的荒涼和孤單，一股甜潤味湧上他嘴裡。在這個房間裡，他感覺到自己遠離一切，甚至遠離了發燒，如此清晰地體驗到養尊處優人生本質的荒謬和可悲，於是在他面前浮現出一個羞慚而不可告人的面目，那是一種自鬼祟可疑中萌生出來的自由的面目。在他四周，盡是鬆弛垂軟的時光，時間像水底淤泥般汨汨作響。

有人用力敲門。梅爾索猛然回神，想起自己剛才就是被類似的敲門聲吵醒的。他把門打開，看見門外站著個紅髮小老頭，肩上扛著兩個沉甸甸的行李箱，箱子是梅爾索的，在老頭肩上顯得巨大無比。老頭怒不可遏，稀疏牙齒間淌著的唾液滿是咒罵和指責。梅爾索這才想起，大行李箱的把手壞了，搬運起來非常不方便。他想要道歉，卻不曉得該如何說自己並不知道搬行李箱的人會這麼老。小老頭打斷他的話：

「一共四十克朗。」

「一天的保管費就要這麼多？」梅爾索不禁詫異。

對方解釋了半天，他才明白原來老頭搭了計程車。他不好意思說，在這種情況下，連他自己也會搭計程車，於是他無奈地付了錢。把房門關上後，梅爾索感到胸口湧上一波無法言喻的淚水。十分靠近的一座時鐘響了下午四點整。他睡了兩個小時。他發現，自己和街道之間，只隔著面前的這棟房子，他感覺到流轉其間的人生，無聲而神祕地膨脹著。最好出去走走吧。梅爾索洗手洗了很久。為了修磨指甲，他再度在床邊坐下，用銼刀規律地磨著。內院兩、三個警報器突兀地鈴聲大作，促使梅爾索又回到窗邊。於是他看到房子下方有個拱廊通道通往街上。彷彿街上所有的聲音、屋舍另一頭所有未知的人生，彷彿那些有住址、有家庭、和叔舅有心結、在餐桌上有特殊偏好、有慢性病的所有人們的喧囂，以及形形色色生命的萬頭鑽動，藉由奮力拍動，永遠與人的邪惡之心分離了，盡皆滲入這條通道，沿著整個內院浮升上來，到梅爾索的房間裡如泡泡般破開。

在感覺到自己如此易於吸收流通、對世間每個徵兆跡象都如此敏銳的同時，梅爾索察覺到了那個向他開啟人生的深刻裂縫。他又點了根菸，激昂地更衣。扣上外套釦子時，煙燻嗆了他的眼皮。他回到洗手台前，洗了洗眼睛，並想梳頭。但他的梳子不見了。睡覺使他頭髮打結凌亂，他用手梳理卻徒勞無功。他頭髮垂在臉上，後腦杓全部亂翹，就這樣下樓。他覺得自己又更卑微了。到了街上，他沿著旅館外圍來到剛才發現的小通道前。通道通往舊市府廣場，在降臨於布拉格略顯沉重的夜色中，浮現出市府和泰恩老教堂哥德式尖頂的黑色輪廊。洶湧的人潮流動於拱廊巷弄之間。對於每一個擦身而過的女人，梅爾索都以目光找尋那個讓他仍然相信自己還能遊戲人間的眼神。但健康的人有一種自然的直覺，懂得避開發燒的眼神。他鬍子未刮，頭髮蓬亂，眼中有一種焦躁不安的野獸神情，褲子和領口一樣縐巴巴，他失去了身穿剪裁精美套裝或手握汽車方向盤所能帶來的那種飽滿信心。光線變成赤銅色，夕陽仍不捨地依戀著廣場那頭的巴洛克風格金色圓頂。他步向其中一個圓頂，進入那座教堂，被古老的氣味所吸引，在一張長椅上坐下來。拱頂已完全幽暗，但金色的柱頭洩出一道金色而神祕的水流，注入高柱的凹槽飾紋，流至臉蛋腫胖的天使和冷眼諷笑的聖徒。一股溫柔，是的，這裡有一股溫柔，但它如此苦澀，梅爾索不由得奔向大門口，站在階梯上，吸取夜晚已然較為清涼的空氣；他即將走入暮色中。又逗留了一會兒，隨即看到一顆星星出現，既純淨又赤裸，在泰恩教堂的尖頂之間亮起。

他開始尋覓便宜的餐館，步入較黑暗且較無人煙的街道。白天並未下雨，地上卻泥濘不堪，沿途鮮少有人行道，梅爾索只好努力閃避污黑的積水。隨後下起綿綿細雨。熱鬧的街道想必距離不遠，因為從這裡就能聽到賣報小販吆喝著《國家政治報》的聲音。這段時間，他呢，則迷了路。他忽然停下來。一股奇特的味道在夜色中朝他飄來。它尖銳中帶著微酸，喚醒了他內心所有焦躁的力量。他舌尖上、鼻腔內和眼睛裡都感受到這股味道。它起初遙遠，旋即在街角，在已然漆黑的天空和油穢黏膩的人行道之間，它倏忽近在眼前，宛如布拉格暗夜的邪惡妖術。他迎向它，隨著距離愈來愈接近，它變得更加真實，盤據他整個人，將他雙眼嗆出淚來，讓他毫無招架之力。到了某個街角，他明白了：一名老婦人正販賣醋醃小黃瓜，就是這味道擄獲了梅爾索。有個路人停下來，買了一條小黃瓜，老婦人用一張紙把它包起來。他走了幾步路，當著梅爾索的面，把包裝紙打開，大口啃了那條小黃瓜，破裂而多汁的瓜肉所散發出的氣味更強勁了。梅爾索感到不適，找了根柱子倚靠，花了好一段時間呼吸著此時此刻世界所呈現給他的奇異和另類。然後他離去，不假思索進入一家傳出手風琴樂聲的餐館。他走下幾級階梯，在一半處停下來，發現自己來到一個相當陰暗且布滿紅光的小地下室。他大概模樣顯得奇怪，因為手風琴手演奏得較小聲了，交談聲停下來了，客人紛紛轉過來望著他。在一處角落，一些女子嘴唇非常油膩地吃著。其他客人則喝著說甜不甜的褐色捷克啤酒。很多人沒消費只抽菸。梅爾索挑了一張相當長、只有一個人坐著的桌子。那人又高又瘦，有著黃色毛髮，癱坐在椅子上，雙手插在口袋裡，緊閉的皺裂雙唇含著一截已被口水泡脹的火柴；他吸吮火柴，發出不悅耳的聲音，或把火柴從一側嘴角換到另一側。梅爾索坐下來時，那人幾乎動也沒動，只靠向牆壁，把火柴移向靠梅爾索的那一側嘴角，並不著痕跡地瞇起眼睛。此時，梅爾索發現他衣襟上有顆紅星。

梅爾索點得不多，吃得很快。他並不餓。手風琴現在演奏得比較大聲了，琴手直盯著新到來的梅爾索。梅爾索兩度目露凶光，企圖用眼神與對方對峙，但身體的燥熱削弱了他。那琴手依然盯著他看。忽然間，一名女子大笑出聲；紅星男子用力吸吮火柴，火柴上冒出一個口水小泡泡；而那依然盯著梅爾索的琴手，停止了原本演奏的輕快舞曲，改奏一段緩慢而濃郁、積著累世塵埃的旋律。這時大門打開，來了一位新客人。梅爾索看不到他，但隨著大門敞開，立刻竄來一陣醋酸和小黃瓜的氣味。氣味瞬間充滿了陰暗的地下室，融入手風琴神祕的旋律中，使男子火柴上的口水泡泡更脹大，讓交談頓時變得更有意涵，彷彿一個凶惡而痛苦老舊世界的意義，從沉睡於布拉格深夜的邊際，跑來躲進餐館和這些人的溫暖之間。梅爾索正吃著一份太甜的果醬，忽然感覺自己身上的裂縫迸開了，使他承受更多的焦慮和燥熱。

他猛地站起來，把服務員叫來，根本聽不懂他的說明，付了遠多於該付的錢，並再度看到琴手依然瞪大眼睛盯著他。他走向大門，經過琴手身邊，發現那人依然凝望著他剛離開的那張桌子，他這才明白他是盲人；爬上階梯，打開門時，整個人迎向那依然揮之不去的氣味，從狹短的街道，走向深夜。

星星在屋舍上方閃爍。他應該離河很近，因為聽到河低沉而有力的吟唱。他見到一堵厚牆上的鐵柵欄寫滿了希伯來文字，得知自己來到猶太區。厚牆上方，垂曳著一棵柳樹帶著甘甜氣味的枝條。柵欄內，可看到埋藏在草叢中的褐色大石塊。這裡是布拉格的舊猶太墓園。過了幾步路的距離，奔跑的梅爾索發現自己來到舊市府廣場。快要到投宿的旅館時，他不得不手扶牆壁，用力嘔吐。憑著身體極度虛弱所帶來的清醒，他毫未犯錯便找到了自己的房間，躺了下來，立即入睡。

隔天，他被賣報小販的吆喝聲喚醒。天色仍然沉重，但隱約可窺見雲層後面的太陽。梅爾索儘管仍有點虛弱，但感覺好些了。他思慮著即將展開的漫長一天。像這樣當著自己的面過生活，時間遂拉長延展至最極致，一天當中的每一個鐘頭，感覺起來都像蘊含著一個世界。最重要的是，不能再像昨晚那樣歇斯底里了。最好有條有理地參觀這座城市。他身穿睡衣，坐在桌前，有條不紊地擬定了接下來一週每一天的行程。巴洛克修道院和教堂、博物館和老街，鉅細靡遺。然後他梳洗整容，這才發現他忘了買梳子，於是下樓時又像昨天一樣一頭亂髮且沉默寡言；經過門房時，他注意到大白天的，此人卻頭髮蓬亂，神情恍惚，且外套的第二顆釦子不見了。步出旅館時，稚氣而柔和的手風琴樂聲攫住了他。昨晚的那個盲人，蹲在舊廣場角落，以相同空洞而微笑的表情，演奏著樂器，彷彿他已放下了自己，全心全意在一個超乎他所及之人生的律動中隨波逐流。到了街角，梅爾索轉過去，又遇見小黃瓜的味道。隨著這味道，他的焦躁又浮現。

這一天成了日後其他日子的範本。梅爾索晚晚才起床，參觀修道院和教堂，在薰香和地窖的氣味中尋求慰藉，然後回到陽光下，又暗自畏懼起街頭巷尾隨處可見的小黃瓜商販。他就是透過這種味道看博物館，並明白了使布拉格金碧輝煌且美侖美奐的精美巴洛克風格的神祕與豐富。在後方陰暗處的祭壇上輕輕映耀著的金色光芒，在他看來宛若取自布拉格如此常見、由霧氣和陽光構成的金黃色天空。渦旋形和圓形金屬裝飾、金箔般的複雜綴飾，與聖誕節為孩童布置的馬槽聖誕十分相像，非常動人，梅爾索從中體會到宏偉、夸飾和巴洛克風格的格局，就像一種狂熱、稚氣又浮誇的浪漫主義，人以此來對抗自己的心魔。在這裡所愛戴的神，是那個令人畏懼且崇敬的神，而非那個在大海與陽光熱鬧嬉戲時和人一起歡笑的神。從陰暗拱頂下瀰漫的細緻灰塵味和虛無幻滅中走出來時，梅爾索覺得自己頓失依歸。他每天晚上都去城市西區的捷克修士的修道院。在修道院的庭院裡，時間隨鴿子飛逝，鐘聲輕輕敲在草地上，但盤據著梅爾索的，仍是他的燥熱。此時，時光依然流逝。不過在那當下，教堂和文物古蹟已關門，餐館卻尚未開門營業。此即危險之時刻。梅爾索沿著伏爾塔瓦河漫步，向晚時分的河岸處處是花園和樂團。許多小船一個水閘一個水閘地溯河而上。梅爾索跟著船隻一起往上走，離開一處水閘震耳欲聾的巨響和嘈雜，逐漸找回晚間的安寧和平靜，然後往前行，再度遇上擴展成巨大聲響的轟隆聲。他來到另一處水閘，看到一些彩色小舟試圖不翻覆地越過水閘，卻頻頻失敗，直到其中一艘小舟超越了危險的水位，歡呼聲才蓋過了水聲。蜿蜒而下的水流，充斥著吶喊聲、音樂聲和花園氣味，滿載著夕陽金黃色光芒和查爾斯橋上雕像奇形怪狀的扭曲影子，讓梅爾索痛苦且深刻地意識到一種毫無熱情且愛情已無法見容於其中的孤寂。撲鼻而來的水流和樹葉芬芳，使他停下腳步，哽咽地想像著遲遲不湧現的淚水。此時，只要有個朋友或一雙敞開的臂膀就夠了。但淚水在他潛入的這個毫無溫情的世界邊界打住了。之前好幾個晚上，也是在這個時刻，他會穿越查爾斯橋，去城堡區漫步，那裡坐落在河岸上，荒涼又寂靜，距離市區最熱鬧的街道僅幾步路之隔。他於這些華麗宏偉建築之間，在寬廣的鋪石內院，順著作工精緻的柵欄，沿著大教堂四周遊蕩。在宏偉建築的高牆之內，他的腳步聲在一片安靜中迴盪。一股隱沉的聲音自城市傳來。這一帶沒有小黃瓜商販，但在這片安靜和宏偉中有種壓迫感，因而梅爾索每次仍會回到下方的那個味道或樂聲，那儼然已成他僅有的依歸。他會到之前發現的那家餐館用餐，對他而言，那裡至少有一份熟悉感。他可以坐在紅星男子旁的位子，那男子只晚上才來，喝一杯啤酒，一面咀嚼著火柴。晚餐時，再一次地，盲人演奏著，梅爾索吃得很快，付錢，返回旅館，沉入夜夜如此的發燒孩童般的深沉夢境。

每天，梅爾索都考慮著要離開，而每天，他都更隨波逐流一些，追求快樂的意志不再那麼引領他。他抵達布拉格四天了，卻遲遲未去買每天早上令他感到若有所缺的梳子。不過他隱約有一種匱乏的感覺，而這便是他不知不覺中所期待的。某晚，他經由第一天遇見那味道的小巷子走向餐館。他已經逐漸聞到了，但就在快到餐館前，對面人行道上有個東西，驅使他停下腳步，上前察看。有個人躺在人行道上，雙手交叉在胸前，頭側向左臉頰這一側。三、四個人倚站在牆邊，彷彿在等待什麼，神情倒十分平靜。其中一人抽著菸，其他人則低聲交談。但一名只穿襯衫、外套攬在手上、帽子向後傾的男子，卻在那軀體周圍跳起原始的舞蹈，一種印地安式的舞步，節奏分明且斷然。上方，遠處路燈很微弱的光線，摻入來自鄰近餐館的朦朧光暈。不停舞動的這個人、雙手交叉在胸前的軀體、神情如此平靜的旁觀者，這種諷刺的對比，以及這罕見的靜謐，在略有壓迫感的光影變化之間，在凝視和無知之下，有那麼微妙的一分鐘，讓梅爾索覺得只要過了這一分鐘，一切就會崩垮而萬劫不復。他上前再靠近一些。死者的頭浸在血泊中。頭是轉向有傷口的一側，就壓在傷口上。在布拉格這偏僻的角落，映在略有油污人行道上的稀疏光線、幾步路外在濕滑路面上前進的路過車輛、遠方班距漫長而鬧烘烘進站的電車，在所有這一切之間，死亡顯得太甜膩又太黏人，梅爾索頭也不回地大步離去，此時他感受到的正是死亡的呼喚和它濕潤的氣息。忽然間，他已差點遺忘的味道又撲鼻而來。他走入餐館，在自己的位子坐下來。那人依然在那裡，但嘴裡沒有火柴。梅爾索彷彿從他眼神中看到一絲茫然。他拋開這個浮現腦海的愚蠢念頭，但思緒翻騰著。他什麼餐都沒點就倉皇逃離，一路奔回旅館，癱在床上。他太陽穴有灼熱刺痛感。他心裡空虛，肚子緊繃，他的憤慨一發不可收拾。人生過往的畫面映入眼簾。他內心有某個東西渴望著女人的舉止、敞開的臂膀和溫暖的嘴唇。在醋酸味和感傷旋律中，從布拉格痛苦的深夜裡，浮現他發燒時伴隨左右的舊巴洛克世界焦躁的臉孔。他呼吸困難，視線模糊，舉止僵硬地在床上坐起來。床頭小桌的抽屜是打開的，裡面鋪著一張英文報紙，他把上面一整篇文章讀完了。然後他又倒回床上。那個人的頭壓在傷口上，那傷口大得足以容納數根手指。他望著自己的雙手和手指，心中升起赤子般的欲望。一股熾熱而隱晦的激動伴隨著淚水在他內心膨脹，那是在懷念滿是豔陽和女人的城市，那裡墨綠的夜晚能癒合創傷。淚水潰堤了。他內心裡泛起一大片孤獨寂靜的湖，湖上飄揚著他解脫的悲戚之歌。

第二章

梅爾索坐在駛向北方的火車上，仔細打量自己的雙手。天空陰霾不展，奔馳的火車釋放出一道低沉的煙霧。過於悶熱的車廂裡，只有梅爾索一人。他於夜裡倉促啟程，現在獨自面對陰暗的上午，任由這片祥和的波希米亞景致全然進入內心，高大優雅的楊樹之間與遠方工廠的煙囪，等待著即將落下的雨，這情景讓人想落淚。然後他看了看標示著德、義、法三種語言的白色警告牌：「請勿將頭伸出窗外」。他放在膝蓋上的雙手，猶如活的粗蠻野獸，從膝蓋上召喚他的目光。左邊那隻手長而柔嫩，另一隻手則結實而強壯。他熟識它們、認得它們，同時感覺它們各自獨立，彷彿有能力逕自採取行動，而他的意志無從介入。其中一手過來扶著他額頭，企圖阻撓在太陽穴噗噗跳動的燥熱；另一手沿著他的外套伸下去，從口袋取出一根菸，但菸立即被扔了，因為他忽然想吐，渾身無力。雙手回到他膝蓋上，安分下來，手心呈杯狀，它們讓梅爾索看到自己人生的臉孔，這人生回歸漠然，任何想取走的人皆可取之。

他旅行了兩天。但這次，驅使他的，並不是逃避的本能。連這次旅程的單調都令他沉迷。這個帶著他橫跨了大半個歐洲的車廂，讓他得以待在兩個世界之間。他剛搭上車，且即將離開它。它把他從一段人生中抽離出來，他想把那段人生的回憶抹滅，以便把人生帶向一個欲望稱王的新世界。梅爾索一次也不曾感到無聊。他窩在自己的角落，鮮少受到打擾，凝視自己的雙手，然後看看風景，並沉思。他刻意將旅程一路延伸至波蘭的布列斯勞，唯一花的力氣是在邊境海關處更換車票。他想要在自己的自由面前再待久一點。他感到疲倦，無力移動。他收取內心所有一絲一毫的力量和希望，把它們匯聚並重整，在自己內心重塑自己，與此同時，也重塑了自己未來的命運。他喜歡火車奔馳在平滑鐵軌上的漫漫長夜，車如旋風般駛進僅有大時鐘亮著的小車站，或進入大車站之前猛然煞車，大車站的光芒如窠巢，才剛瞥見它，它便已將列車吞沒，將它豐沛的金色、光線和暖意傾倒進車廂內。車輪叮叮咚咚作響，車頭用力噴著蒸汽，而車站職員轉動紅盤警示燈的機械式動作，讓梅爾索再度與火車一同急速奔馳，僅有他的不安和清明神智顧守著。車廂內再度是交錯變幻的光與影，又是黑色與金色的輪替重疊。德勒斯登、包岑、格爾利茲、列格尼茲。漫漫長夜裡，獨自面對自己，有充裕的時間讓未來人生的舉動成形，耐心地與在火車站某轉角處萌生的念頭搏鬥，任由自己被再度擒住和追逐，與其後果會合，然後在光亮舞動的雨絲和光線前再次逃離。梅爾索尋找著能夠描述心中希望的那個字、那個句子，好讓他的不安閉闔。以他目前這麼虛弱的狀態，他需要一些公式。白天和黑夜都在這場和動詞的頑強搏鬥中度過，那畫面從此將構成他面對人生時眼神中的所有色澤，那是他把未來編織成悲憫或不幸的夢想。他閉上雙眼。過活，需要時間。一如所有的藝術作品，人生需要仔細思索。梅爾索思索著自己的人生，並讓自己狂熱的意識和渴望幸福的意志在車廂內漫遊。這些日子裡，橫跨歐洲的這列車廂，對他而言就像監獄牢房，人在其中藉由自己參不透的東西，學習著了解人。

第二天早上，儘管四下是郊外曠野，火車明顯放慢了速度。距離布列斯勞尚有數個小時車程，這天就在浩瀚的西利西亞平原展開，平原上一棵樹也沒有，陰霾而荷載著雨水的天空下，處處是膠著的泥濘。視野盡頭那端，每隔一段距離，許多羽翼光澤明亮的黑色大鳥，一群群地飛翔在地面上方幾公尺處，牠們無法在石板般沉重的天空下飛得更高。牠們盤旋得緩慢而沉重，偶爾其中一隻會離開群體，貼向地面，彷彿與大地合而為一，再以相同厚重的方式遠離，永無止盡似地，直到牠飛得夠遠，在初始的天際成了個鮮明的小黑點。梅爾索用雙手擦拭掉車窗上的霧氣，透過手指在窗上留下的幾道長痕，殷切地望著外面。從荒涼的大地到黯淡的天空，在他心中浮現一個無情世界的畫面，這是第一次他終於回歸自己。在這塊回到天真的絕望土地上，他身為迷失在原始世界的旅人，找回了自己的聯繫，他握拳抱著胸口，臉緊貼著車窗，感受到自己迎向自身的衝勁，確信自己內心沉睡著偉大。他好想栽進這泥濘，想從這一片泥水中鑽進地裡，再矗立在一望無際的平原上，身上覆滿土泥，在海綿和黑炭般的天空前敞開雙臂，彷彿面對的是絕望而華麗的人生象徵，在最令人反感的東西裡宣示自己對世界的支持，聲明自己與人生並肩同盟，即使人生是無情和污穢的。自從他出發以來，將他掀起的那巨大衝勁終於首度崩潰了。梅爾索把自己的淚水和嘴唇緊貼著車窗玻璃。車窗上再度起霧，平原消失了。

幾個鐘頭後，他抵達布列斯勞。遠看，這城市像一座工廠煙囪和教堂尖頂的森林。近看，它是由磚塊和黑色石頭所砌成。戴著窄沿帽子的人們緩緩走著。他跟隨他們，在一家勞工咖啡館度過了一上午。一個年輕人在咖啡館裡吹著口琴：是一些好聽而厚重的俗氣旋律，能讓靈魂獲得休憩。梅爾索買了把梳子後，決定繼續南下。隔天，他人已在維也納。他睡掉了部分的白天和全部的黑夜。醒來時，他的燒已完全消退。他早餐狂吃水煮蛋和鮮奶油，有點反胃地出了門，來到一個交替著陽光和雨絲的上午。維也納是個清新的城市，沒有什麼好參觀的。聖史蒂芬大教堂嘛，太大了，令他感到無聊。他寧願去教堂對面的咖啡館，晚間則是去運河岸邊的一家小舞廳。白天，他沿著環城大道漫步，悠遊在奢華的美麗櫥窗和優雅美女之間。他短暫地享受著這種膚淺而奢華的場景，這場景在世上最不自然的城市裡，讓人與自身分離。但這裡的女人很美麗，花園裡的花朵肥美且鮮豔奪目；而傍晚時分的環城大道上，在流動於路上的閃亮而愜意的人潮中，梅爾索端詳著文物建築頂端，那些石馬雕像似乎想飛向紅色的天際卻不能如願。這時，他想起自己的朋友蘿絲和克萊兒。於是自里昂以來，他首度寫信。事實上，傾洩在信紙上的，是他滿溢的沉默：

我的孩子們：

我正從維也納寫信給你們。不曉得你們現在過得如何。我呢，一面旅行一面贏取自己的人生。我以苦澀的心情見到許多美好事物。在這裡，美感讓位給文明。令人欣慰。我不參觀教堂或古蹟，只在環城大道散步。傍晚，劇院和宏偉建築上方，紅色夕陽中，石馬雕像茫然奔向空中的景象，在我心中留下一種苦樂參半的特殊感覺。早上我吃水煮蛋和鮮奶油。我晚晚起床，旅館的服務體貼入微，主廚的手藝令我感動，我總被佳餚撐得很飽（噢，那鮮奶油真美味）。這裡有精采好戲也有美女。只缺真正的陽光。

你們在做些什麼呢？跟我這個無所事事且無處可去的可憐傢伙，聊聊你們和陽光吧。

派崔斯・梅爾索　謹上

這天晚上，寫完信後，他又去舞廳。他這一晚留下了其中一位舞女，她名叫海倫，會說一點法語，且聽得懂他的破德語。凌晨兩點步出舞廳後，他送她回家，以全世界最標準的方式做了愛，早上發現自己赤裸裸躺在一張陌生的床上，貼著海倫的背，他淡然地帶著好心情欣賞她修長的腰身和寬闊的肩膀。他離去時不想吵醒她，在她一隻鞋子裡放了一張鈔票。他走到門口時，聽到有人喊住他：「哎，親愛的，你弄錯啦。」他回到床邊。他確實弄錯了。由於不熟悉奧地利錢幣，他原本想放一張一百先令，卻放了一張五百的。「沒錯，」他微笑說，「是給你的。你昨晚很棒。」海倫蓬亂金髮下那張綴著雀斑的臉龐泛起笑容。她忽然在床上站起來，親了他的臉頰。這一吻想必是第一個她發自內心給他的吻，使梅爾索心中澎湃不已。他扶她躺下，替她把被子蓋好，再度走到門口，微笑望著她。「永別。」他說。她把被子拉到鼻頭，被子上方的雙眼瞪得大大的，一句話也說不出口，就這麼任由他離去。

過了幾天，梅爾索收到一封自阿爾及爾寄來的回信：

親愛的梅爾索：

我們都在阿爾及爾。你的孩子們將會很高興見到你。既然你無所事事且無處可去，不如來阿爾及爾，你可以住在我們屋子。我們呢，可快樂的。當然，我們有點慚愧，但這比較是為了面子，也和偏見有關。如果你對快樂有興趣，不妨來這裡試試。總比當個再次服役的士官要好。我們伸出額頭，期待你父親般慈祥的吻。

蘿絲、克萊兒、凱特琳

又，凱特琳不認同父親這個說法。凱特琳和我們住在一起。如果你願意，她可以當你的三女兒。

他決定經由熱那亞返回阿爾及爾。有些人在採取重大決定並演出人生關鍵戲碼之前，需要讓自己獨處；同樣地，他呢，由於一直被孤獨和陌生感所荼毒，在展開自己的人生戲碼之前，也需要避退到友誼和信任裡，嘗一嘗表象的安全感。

在跨越義大利北部駛向熱那亞的火車上，他聆聽著心中一路唱向幸福的千萬個聲音。才第一棵直挺挺矗立在純淨土地上的柏樹，他就讓步了。他仍感到虛弱和發燒，但他心中有某個東西軟化了、放鬆了。不久，隨著太陽向天際邁進，隨著車子離海愈來愈接近，從火紅而跳躍的浩瀚蒼穹，傾洩出一道道空氣和光芒之流在悸動的橄欖樹上，在這蒼穹下，翻騰著世界的騷動與他心中的興奮合而為一。火車的聲響、擁擠車廂內的喋喋嘈雜聲、在他四周歡笑和歌唱的一切，伴奏著一種內心的舞蹈，而且節奏一致，使他有好幾個鐘頭的時間彷彿被靜靜不動地拋至世界盡頭，而那舞蹈最終將欣喜而緘默的他送入震耳欲聾的熱那亞——坐落在海灣、映照著天空的熱那亞，神采飛揚，欲望和慵懶總是交戰直至夜晚。他飢渴地想要愛、想要歡愉和擁吻。灼燒他的天神把他扔到海裡，扔到港口的一個小角落，那裡的海水品嘗得到交融的瀝青和海鹽，他因拚命游泳而失去了極限。接著，他流連於老街狹窄而充斥著氣味的巷弄間，任由色彩替他吶喊，享用被太陽重壓的房舍上方的那片天空，再讓趴在夏日垃圾之間的貓替自己休息。他走上能俯瞰熱那亞的那條路，深深吸了一口氣，任由滿載著芬芳和光芒的整片海洋向他飄升而來。他閉上雙眼，揑抓了所坐的那塊暖熱石頭，再睜眼時看到的是這座城市，那裡放肆的生命以一種令人激昂的低劣品味咆哮著。接下來幾天，他也喜歡坐在通往港口的丘坡上，中午時看著從辦公室走向堤道的年輕女孩們經過。她們腳穿涼鞋，輕質淺色洋裝裡的乳房並無拘束，她們令梅爾索口乾舌燥、怦然心動，他心中的欲望既自由又合理。晚間，和他在馬路上相逢的又是相同的那些女人，他腰間懷著一股盤繞的火熱欲望、熾烈溫柔得蠢蠢欲動的野性，尾隨在她們身後。整整兩天，他都被這種非人的熾火燃燒著。第三天他離開熱那亞，前往阿爾及爾。

一路上，他端詳海面上水和光線的變化，從早上到正午再到晚上，他讓心隨著天空緩緩跳動，回歸自己。他並不是很信任某些太過粗鄙的療癒。他平躺在甲板上，明白自己不該睡著，而該保持清醒，即使有朋友相伴，即使擁有靈魂和身體的舒適，也要保持清醒。他必須去打造自己的快樂和其理由，而想必現在這件事對他而言比較容易了。海上忽然變得較涼爽，隨著一股奇特平靜感滲入他心中，隨著第一顆星星緩緩在天際固化成形，而天空的光線以綠色死去，再以黃色重生，他感覺在歷經了這場動盪和風雨後，內心陰暗不良的部分已沉澱下去，讓靈魂透明的清澈水流得以回歸美好和堅定。他看得很清晰。女人的愛，他期盼已久。他卻不適合愛。這輩子以來，從港口的辦公室、他的房間和睡夢、他的餐館和情人，他一直苦苦尋覓一種幸福，而在內心深處，他其實認定這種幸福是不可能的，就像世上所有人一樣。他只是假裝自己想要快樂，從來不曾有意識地刻意如此要求。從來不曾如此，直到那一天……而從那一刻起，只因為一個清楚思量計算過的舉動，他的一生改變了，於是幸福似乎變得可能了。他想必是在痛苦中創造出嶄新的人。可是比起他之前演的那齣卑劣荒唐戲碼，這又算得了什麼？譬如他就看得出來，他先前之所以對瑪莎有依戀，與其說是愛情，更該說是虛榮。乃至於她獻給他的那對奇蹟般的嘴唇，也只是一股力量驚奇愉快地甦醒，並展開探索。這整段感情，事實上只是把起初的驚奇換成確信，把謙卑換成虛榮。他喜歡和她一起去戲院的那些夜晚，喜歡眾人目光被她所吸引，喜歡他把她呈現在世界面前的那一刻。他透過她、她的魅力和她的生命力而愛著自己。連他的欲望、對這個肉體的迷戀，或許也來自起初的驚奇，驚奇於竟能擁有一個特別美麗的胴體，能凌駕它，並能羞辱它。現在，他知道自己不適合這份愛，而是適合他如今侍奉的暗黑之神的天真而可怕的愛。

一如經常可見的，他人生中最美好的部分，終究與最糟的部分結合而密不可分。克萊兒和她那些朋友、薩格勒斯和他追求快樂的意志，結合到了瑪莎身上。他現在知道，該是他追求快樂的意志採取行動了。但他也明白，最需要的是時間，擁有充裕的時間既是最美好、也是最危險的一種經驗。只有庸俗之人覺得空閒無事很要命。很多人甚至無法證明自己不是庸俗之人。他已爭取到這項權利，但還得身體力行去證明。只有一件事和之前不一樣了。關於自己的過去和自己所失去的，他感覺已不再受它們所束縛。他只想要內心的緊束和密閉，只想要面對世界時的清醒和耐心熱忱。一如按壓並使其失去彈性的一塊熱騰騰麵包，他只想把自己的人生握在手中。就像在火車上的那兩個漫漫長夜一樣，他能和自己說說話並準備迎接生活。把人生當成麥芽糖般舔舐，塑造它、磨銳它，乃至愛它，這就是他最為熱中的事。像這樣地存在於自己面前，他今後所需努力的，即是將這份存在呈現在人生中的所有臉孔面前，哪怕代價是孤獨，是他現已知道如此難以承受的一種孤獨。他絕不會叛逃。他所有的爆發力將協助他達到這一點，它帶領他到哪裡，他的愛就會前赴會合，宛如一種對生命的激憤熱愛。

大海緩緩磨搓著船隻的身側。天空滿載著星星。沉默的梅爾索感覺到自身有極強且深的力量，能去愛和欣賞這個有著淚水和太陽臉孔的人生、這個海鹽和暖熱石頭之間的人生，他感覺彷彿只要撫摸它，他所有愛和絕望的力量便會交織在一起。這便是他獨特的貧窮和富裕。彷彿他歸零之後，重新展開一盤新局，但這回他業已熟知面對命運時，壓迫著他的那些自身力量和那股心神清醒的燥熱。

接著便是阿爾及爾了，於早晨緩慢地抵達當地。面向海如瀑布般壯觀的卡斯巴山城、丘陵和天空、敞開臂膀的海灣、樹林間的房舍，以及已經近在眼前的碼頭氣味。於是梅爾索赫然發現，自維也納以來，他一次也不曾想到薩格勒斯這個他親手殺害的人。他承認自己有一種孩童、天才或無辜者才有的遺忘本領。無辜，他欣喜若狂地，終於明白自己很適合快樂。

第三章

梅爾索和凱特琳在陽光下的露台上吃早餐。凱特琳身穿泳衣，而男孩（他的女性朋友都這麼稱呼他）則穿著泳褲，脖子上圍了條毛巾。他們吃著鹽漬番茄、馬鈴薯沙拉、蜂蜜，及大量水果。他們把桃子冰鎮在冰塊裡，拿出來時舔舐綿密果皮絨毛上汗滴般的水珠。他們也榨了葡萄汁，一面喝一面把臉迎向太陽，把臉曬成深色，至少梅爾索是如此，他知道曬成深色有好處。

「好好感受陽光。」梅爾索把手臂伸向凱特琳說。她舔舐那手臂。「是呀，你也好好感受一下。」他感受了，然後一面撫摸著自己肋間，一面躺下來。她呢，則趴下來，把泳衣褪至腰間。

「我這樣不會不正經吧？」

「不會。」男孩說，他並未觀看。

陽光傾洩著，在他臉上徘徊。他的毛細孔略微濕潤，吸聞著這籠罩著他且令他沉睡的火。凱特琳細細品味陽光，呻吟嘆道：

「真好！」她說。

「是呀。」男孩說。

這屋子就攀在一處看得到海灣的山丘頂。附近的人都稱它作「三個女大學生的屋子」。上去得爬一條很陡的小路，路的開頭是橄欖樹，盡頭也是橄欖樹。路的中段有一片像是平台的地方，平台有一面灰色的牆，牆上滿是淫穢圖畫和政治標語，讀了能讓爬累的旅人恢復力氣。之後，又是橄欖樹、宛如晾在樹梢間的一片片藍色天空，還有鏽褐色遮棚下乳香黃連木的氣味，遮棚下掛著有待風乾的紫色、黃色和紅色布匹。抵達這裡時已狼狽得滿頭大汗、氣喘吁吁，推開藍色小柵門時得慎防九重葛的捲鬚，然後再爬一座陡如天梯的階梯，但階梯覆有藍色遮蔭，讓口渴的感覺得以緩和。蘿絲、克萊兒、凱特琳和男孩把屋子稱作「眺望世界之屋」。由此可飽覽山下全景，它就像一葉懸在燦爛天際的小舟，能俯瞰世間多采多姿的舞蹈。從最下方那曲線完美的海灣，有一股力道拌攪著青草和陽光，把松樹和柏樹、蒙著沙塵的橄欖樹和尤加利樹，一路送上來到屋子跟前。在這恩賜的深處，依隨不同的季節，會開出白色的大薔薇花或含羞草，又或是屋子牆邊的忍冬，會於仲夏夜晚釋放出芬芳。白色的晾曬衣物和紅色的屋頂，在海洋的微笑上方，是用圖釘般從海平線一端釘到另一端的毫無一絲縐痕的天空，「眺望世界之屋」把大片大片的窗戶，對準這些繽紛的色彩和光芒。遠處，紫色高山的一條稜線，以其陡坡與海灣相連，把這份陶醉囊括在它遙遠的輪廓中。於是，再也沒有任何人抱怨山路的陡峭或爬坡的疲憊。在這裡，每天都要征服自己的喜悅。

像這樣地活在世界的面前，這樣地感受自己的重量，這樣地每天看到自己臉龐明亮起來再熄暗下去，住在屋子內的四人清楚意識到一種存在，它既是他們的評斷者，也是一種理由。在這裡，世界擬人化了，成了他們樂於尋求建議的對象，它公正平衡卻並未抹煞愛。他們請它作證：

「我和這個世界呀，」梅爾索並未針對任何主題地說，「我們不認同你。」

對凱特琳而言，讓身體赤裸意味著拋開偏見。她常趁男孩不在時，在露台上脫掉衣服。她望著天空的顏色更迭，一面以感性的自傲在用餐時說：

「我剛剛在世界面前赤裸。」

「是呀，」梅爾索鄙視地說，「比起自己的感覺，女人自然更喜歡自己的想法。」令凱特琳聽了很激動，因為她不想要成為知識分子。蘿絲和克萊便會異口同聲地說：

「別說了，凱特琳，是你不對。」

因為他們公認凱特琳永遠是錯的，畢竟她是大家同等關愛的人。她擁有一個沉重而有曲線的體態，有著烤焦麵包般的膚色，並擁有一種動物本能，能認出世間的精華。沒有誰比她更懂得解讀樹、海和風的高深語言。

「這個小妞呀，」克萊兒一面吃著，一面說，「是一股大自然的力量呀。」

接著大家都出去曬太陽，不再說話。人會削弱人的力量，世界卻會讓這力量保持完整無缺。蘿絲、克萊兒、凱特琳和梅爾索，在屋內窗邊時，是活在意象和表象之中，他們認可彼此相繫的這種遊戲，為友誼也為溫馨而歡笑；但一旦回到海天之舞的面前，他們又重新見到命運的隱晦色澤，並終於和最深沉的自己相會。偶爾，那些貓湊來主人們身邊。上前來的是咕啦，牠總是一副受到侵犯的模樣，宛如一個有著綠色眼睛的黑色問號，又瘦又敏感，忽然發狂似地，對著影子張牙舞爪。「那是內分泌的問題。」蘿絲說。說完大笑，在一頭鬈髮下笑得全心全意，圓形眼鏡下的雙眼高興得瞇起來，直到咕啦跳到她身上（優惠待遇），蘿絲的手指遊走在牠光澤明亮的皮毛上，她變得緩和、變得放鬆，成了一隻眼神溫柔的母貓，用親如手足般的輕柔雙手安撫咕啦。因為貓是蘿絲通往這世界的出口，就像赤裸之於凱特琳那樣。克萊兒偏愛另一隻名叫卡利的貓。牠溫和又憨傻，就像牠那一身髒灰的白毛一樣，且任人欺負。克萊兒有著一張佛羅倫斯人的臉龐，她感覺自己的靈魂很美好。她沉默又封閉，情緒來得突然，胃口甚好。梅爾索眼見著她發胖，不禁責備：

「你令我們反感。」他說，「一個美麗的人兒，沒有變醜的權利。」

但蘿絲插話了：「你別老是逗弄這孩子！克萊兒妹妹，放心吃吧。」

一天，就在丘陵四周和海上，在細緻的陽光之間，從日出轉到日落。大家歡笑、嬉鬧、計畫。每個人都對表象微笑，並假裝臣服於其下。梅爾索從世界的臉孔，迎向年輕女子們嚴肅和微笑的臉龐。這個忽然出現在他四周的天地，偶爾令他驚訝。信任和友誼、陽光和白色屋舍、幾乎聽不到的弦外之音，從這當中萌生出完整無缺的快樂，他能精準體驗到它的振頻。他們都認為，「眺望世界之屋」呀，不是一間讓人可以玩耍的屋子，而是一間讓人可以快樂的屋子。梅爾索很能體會這一點，特別是當臉面向夜空時，隨著最後一道微風，所有人都任由一種衝動進入自己心中，即想要讓自己什麼也不像的一種人性而危險的衝動。

今天日光浴後，凱特琳出門上班去了。

「親愛的梅爾索，」蘿絲忽然現身說，「我有個好消息要告訴你。」

這天，在露台上，男孩認真地躺在一張躺椅上，手裡捧著一本偵探小說。

「親愛的蘿絲，請說。」

「今天輪到你下廚了。」

「好。」梅爾索一動也不動地說。

蘿絲離去了，背著她的大學生書包，書包裡以相同漠然的心情裝放了午餐的甜椒，及拉維斯[5]所著的乏味無聊的《法國史》第三冊。想煮扁豆的梅爾索，一直拖到十一點，端詳著土紅色牆面的客廳，客廳裡有沙發和置物架，綠色、黃色和紅色的面具，還有著桔紅色條紋

---

5 拉維斯（Ernest Lavisse，一八四二～一九二二），法國史學家。

的米灰色壁紙，然後才匆匆把扁豆另外用開水煮，又倒油到鍋子裡，放點洋蔥，然後一顆番茄、一把野菜，來回忙碌著，並忍不住罵了罵不斷喊餓的咕啦和卡利。蘿絲明明昨天跟牠們解釋過了：

「你們兩個兔崽子，要知道，」她說，「夏天太熱了，不會餓的。」

十一點四十五分，凱特琳回來了，她穿著輕質洋裝和涼鞋。她需要沖個澡和來一場日光浴。待會兒，她將成為最慢上桌的人。蘿絲將厲聲說：「凱特琳，真受不了你。」浴室裡傳來沖水聲，這時克萊兒氣喘吁吁出現了：

「你要煮扁豆？我知道一個很棒的作法……」

「我知道。我會加鮮奶油……我們聽過太多次了，親愛的克萊兒。」

大家都知道，克萊兒做菜總一定會加鮮奶油。

「他說得對。」剛到的蘿絲說。

「是呀。」男孩說，「上桌吧。」

他們用餐的這個廚房，活像間雜貨鋪。這裡應有盡有，甚至有一本記事本，能記下蘿絲說過的所有佳句。克萊兒說：「我們要時髦，但也要簡單。」隨即徒手捏起自己盤中的香腸吃。凱特琳在合理的範圍內姍姍來遲，神情恍惚又病懨懨，雙眼因睡意而蒼白無神。她的靈魂不夠愁苦，不會去想辦公室的事──辦公室每天從世界和她的人生奪走八個小時，以奉獻給一台打字機。她的另兩個女性朋友卻能明白，並思索著自己的人生若如截肢般被割去了八個小時，會是何種模樣。梅爾索緘默不語。

「是呀，」不愛感情用事的蘿絲說，「至少讓你有事可忙。而且你天天跟我們講你辦公室的事。我們不讓你說話了。」

「可是……」凱特琳嘆道。

「不然的話，投票嘛。一、二、三，你是少數，要服從我們多數。」

「你看吧。」克萊兒說。

扁豆端上桌了，煮得太乾了，每個人都默默地吃。每當輪到克萊兒下廚，上桌品嘗時，她總會一派滿意地加一句：「可真好吃呀！」但梅爾索好面子，寧可悶不作聲，直到大家哈哈大笑。凱特琳今天運氣不佳，卻想爭取一週工作四十個小時[6]，便想找人陪她去一趟勞工總工會。

「不要，」蘿絲說，「畢竟上班的人是你。」

這股「大自然的力量」自討沒趣，逕自去陽光下躺著。但不久，所有的人也都跟著去了。克萊兒漫不經心撫摸凱特琳的頭髮，一面認定「這孩子」所欠缺的是男人。因為在「眺望世界之屋」，大家習慣於替凱特琳拿主意、替她決定她需要什麼，並替她制訂數量和種類。當然，她偶爾會嚷嚷說自己已經夠大了等等，但別人不聽她的。「可憐的孩子，」蘿絲說，「她需要個情人。」

接著每個人都讓自己沐浴在陽光中。不記恨的凱特琳於是聊起她辦公室的八卦，還聊到那位新婚、金髮高大的蓓蕾姿小姐，之前是如何周遊各部門打聽資訊、業務人員是如何故意告訴她一些可怕的描述，以及她蜜月旅行回來後，是如何如釋重負笑著說：「其實也沒那麼可怕嘛。」「她三十歲了。」凱特琳語帶同情地補充說。

蘿絲不樂於聽這些太驚險的閒事。「喂，凱特琳，」她說，「這裡可不是只有女生而已。」

在這個時間，航空郵件班機從城市上空飛過，金屬機身金光閃閃的光芒漫步在地面和天際。它進入海灣的律動，像海灣一樣俯身，融

6　法國一九三六年通過一條法令，讓勞工每週工時從四十八小時降至四十小時，以期提升工作環境的品質。但此政策並不長壽，兩、三年後即宣告破局。

入世界的馳騁，然後忽然間就此停止嬉戲，瞬間轉向，緩緩沉向海面，在大爆炸般的水花中，降落在白色和藍色的水面上。咕啦和卡利側躺著，牠們蛇般的小嘴口，露出粉紅色的軟顎，穿插著華麗而淫穢的夢境，讓牠們的身側不時顫慄。上方的天空，用力從高處墜下陽光和色彩的重量。凱特琳閉著雙眼，感受著這把她帶回自己內心深處、漫長而深沉的墜落，內心那個如天神般呼吸的動物，輕輕蠕動著。

隨後的星期天，有客人上門。輪到克萊兒下廚。因此蘿絲削了蔬菜的皮，排擺了桌上的餐具和杯盤；克萊兒把蔬菜放入鍋具，一面在她房內閱讀，偶爾冒出來監督烹煮的情形。由於摩爾人米娜今天上午沒來，她今年第三度失去了父親，因此蘿絲也一併打掃了家裡。第一位客人到了，是愛莉安，梅爾索稱呼她為理想主義者。「為什麼呢？」愛莉安問。「因為每當別人告訴你一件是真的卻令你無法接受的事時，你總說：『是真的，可是這樣不好。』」愛莉安有一副好心腸，認為自己很像〈戴手套的男人〉[7]，但別人都不苟同。她的房間裡貼滿了〈戴手套的男人〉的複製畫。愛莉安正在研究一些事。她首次來到「眺望世界之屋」時，說自己很高興住在這裡的人「毫無偏見」。隨著時間過去，她漸漸發現這樣並不方便。沒有偏見，無異是告訴她，她精心琢磨所說出來的故事十分無聊，不論她說什麼，別人都不帶惡意地告訴她：「愛莉安，你很笨耶。」

愛莉安和諾埃——諾埃也是客人，他以雕刻為生——進到廚房時，碰巧遇到了從來不以正常姿勢下廚的凱特琳。她仰躺著，一手拿葡萄吃，一手正開始拌製美乃滋醬。蘿絲穿著一件藍色大圍裙，很欣賞咕啦聰明地一躍跳到磚砌灶爐上，吃中午的甜點。

「你們看看，」蘿絲一派怡然自得地說，「你們看看，牠居然這麼

7〈戴手套的男人〉（Uomo dal guanto），文藝復興時期義大利畫家提香的作品。

聰明。」

「是呀。」凱特琳說，「牠今天又超越了自己。」並說今天早上，愈來愈聰明的咕啦，把綠色小檯燈和一個花盆打破了。

愛莉安和諾埃大概太氣喘吁吁了，沒有餘力表達心中的反感，決定自己拉張椅子來坐，因為沒人想到要請他們坐下來。克萊兒來了，她友善又倉促地與客人握了握手，並品嘗正在火爐上烹煮的法國南部式魚湯。她認為大家可以上桌了。今天梅爾索遲到了。不過此時他也到了，滔滔不絕向愛莉安說他心情很好，因為街上的女人很美。時節才正要轉熱，但清涼的衣著以及在衣著下顫動的堅挺胴體，已開始現蹤影。依梅爾索自己的說法，這一切看得他口乾舌燥、腦門怦怦跳，且腰間火熱。聽到如此明確具體的形容，愛莉安拘謹地保持沉默。餐桌上，最初幾匙魚湯下肚後，緊接而來的是一片錯愕。淘氣的克萊兒以非常純粹的語調說：

「恐怕得說，」她說，「這魚湯有一股燒焦洋蔥的味道。」

「才沒有。」諾埃說。大家都喜歡他的好心腸。

於是，為了考驗這副好心腸，蘿絲請他替這屋子添購為數不少的用品，譬如浴室熱水器、波斯地毯和冰箱。諾埃的回覆則是請蘿絲禱告，禱告讓他能中樂透彩。

「既然要禱告，」蘿絲務實地說，「我們還不如替自己禱告！」

天氣很熱。厚重的熱氣，使冰鎮的酒和不久即送上桌的水果顯得彌足珍貴。喝咖啡時，愛莉安談起愛情，談得勇氣十足。她如果愛上了，就會結婚。凱特琳卻跟她說，愛上的時候，最急著做的事情是做愛，這種物質主義心態使愛莉安大為震驚。蘿絲則務實地說，如果「很不幸地，經驗不能證明婚姻會扼殺愛情」，那麼她也會認同。

但愛莉安和凱特琳把各自的思緒逼入對立，因此變得不公正，就像人發脾氣時，自然而然會變成的那樣。向來以形體與黏土來構思的諾埃，他相信女人、相信孩童，也相信具體而沉重的人生的古樸真理。於是，再也受不了愛莉安和凱特琳吵架的蘿絲，忽然假裝明白了諾埃經常上門作客的目的。

「真感謝你，」她說，「你一定不知道，這件事讓我多麼激動欣喜。我明天就把我們的『計畫』告訴我父親，你再過幾天就能親自詢問他。」

「這……」諾埃一頭霧水說。

「噢，」蘿絲繼續神采飛揚地說，「我明白。但你不必開口，我便已明白你的心。你是那種沉默寡言、需要旁人揣測心意的人。其實我很高興你終於表白，因為你如此頻繁地造訪，已玷污了我純潔的聲譽呀。」

諾埃感到有趣，又隱約有些忐忑，表示很高興看到她如願以償。

「甭說，」梅爾索點燃一根菸之前說，「你得動作快一點了。以蘿絲的情形，你不加快腳步都不行。」

「怎麼？」諾埃說。

「我的天呀，」克萊兒說，「現在才兩個月而已呢。」

「而且，」蘿絲溫柔且有說服力地又說，「到了你現在這個年紀，應該很樂於從別人的孩子身上看到自己的身影。」

諾埃有點皺起眉頭，於是克萊兒和善地說：

「開玩笑啦，請寬心看待。我們到客廳去吧。」

關於原則的討論頓時到此告一段落。然而，默默行善的蘿絲仍輕聲對愛莉安細語著。在客廳裡，梅爾索湊向窗邊，克萊兒站在桌前，凱特琳則躺在席墊上。其他人坐在沙發上。市區和港口瀰漫著濃濃霧氣。但那些拖船又開始作業，它們低沉的呼喚一路傳送到這裡，伴隨著柏油和魚貨的氣味，以及最下方的紅色和黑色船隻、生鏽纜樁和纏著黏滑海草鎖鍊的氣味，甦醒了整個世界。那是一種陽剛而兄弟般的呼喚，來自一種有著力量沉味的人生，這呼喚天天如此，這裡的每一個人都能感受到其誘惑或直接的呼喚。愛莉安感傷地對蘿絲說：

「說穿了，你和我一樣。」

「不是的，我只想要快樂，且愈快樂愈好。」

「而愛情並不是唯一的途徑。」梅爾索頭也沒回地說。

他相當喜歡愛莉安，深怕剛才那樣惹她難過。但他能理解蘿絲想要快樂的心情。

「這種理想實在不怎麼樣。」愛莉安說。

「我不知道這算不算一個不怎樣的理想，但至少是個健康安全的理想。而你看，這樣呢……」梅爾索並未繼續說下去。蘿絲稍微閉上了眼睛。咕啦蹬到她腿上，蘿絲一面緩緩撫摸貓的頭骨，一面預想著這場祕密婚事，眼睛半瞇的貓和靜靜不動的蘿絲，都將以相同的眼神，看到一個相似的天地。拖船陣陣悠長的呼喚聲中，每個人各自沉思著。咕啦窩在蘿絲的腰彎裡，她任由牠愉悅的呼嚕聲升向她。熱氣按住她的雙眼，讓她沉浸在滿是自己脈搏聲的一片安靜中。貓白天整天睡覺，從第一顆星星出現到破曉這段時間則做愛。牠們的情欲很濃烈，牠們的夢境無聲深沉。牠們也知道軀體有個靈魂，但靈魂毫無用武之地。

「是呀，」蘿絲睜開眼睛說，「想要快樂，且愈快樂愈好。」

梅爾索想著露希妍．海娜爾。稍早之前，當他說街上的女人很美，其實他特別想說其中一個女人在他看來很美。他是在朋友家認識了她。他們一星期前一同出遊約會，由於沒事做，在那個溫暖的美好早晨，便沿著港口的大街散步。她始終拘謹沉默，梅爾索送她回家時，意外發現自己握了她的手良久，並對她微笑。她相當高大，頭上並未戴帽子，腳穿涼鞋，身上則是一件白色麻質洋裝。他們在大道上逆著輕風漫步。她把整個腳底貼放在暖熱的石板地上，以此為著力點，輕盈地迎風蹬步前進。在這個舉動中，她的洋裝服貼著她，勾繪出她平坦緊實的腹部。她向後攏的一頭金髮、小巧直挺的鼻子、乳房曼妙的曲線，讓她展現出一種她和大地協定相連的祕密默契，使她舉止四周的世界都得聽從。她的右手綴有一條銀手鍊並挽著包包，手鍊與包包釦環碰撞發出喀喀聲，而當她把左手舉到頭頂遮擋陽光，右腳尖仍在地面卻即將離地的時候，梅爾索感覺她的一舉一動彷彿都和世界相連了。

就在此時，他感受到讓他腳步和露希妍腳步一致的神祕默契。他們一起走得很順，他不需特別費力配合。露希妍的平底鞋想必也有所助益。他們各自的步伐，在長度和柔軟度上，又有彼此相同的部分。梅爾索也在此時注意到露希妍的沉默和臉上拘謹的神情。他心想她大概不聰明，因而暗自竊喜。欠缺知性之美，它有一種神聖性，而梅爾索比任何人都更珍惜這一點。這一切使得他對露希妍的手指流連忘返，使他經常再去找她，和她以相同的安靜步伐一起漫步，一起把曬褐了的臉面向陽光或星星，一起去游泳，讓彼此的舉止和步伐變得一致，除了彼此的身影其餘什麼也互不交流。直到昨晚，梅爾索在露希妍的唇上，再度遇到熟悉而令人神魂顛倒的奇蹟。到目前為止，令他動容的，是她依偎著他衣服的樣子，是她攬著他手臂跟著他走的樣子，是這份放鬆和信任，觸動了他內心的那個男人。還有她的沉默，讓她完完全全處在當下的舉動，讓本來就像貓的她更像貓，而她原本就嚴肅的一舉一動已經讓她很像貓了。昨天，晚餐後，他和她一起去港口散步。走了一會兒，他們在大道的邊坡旁停下來，露希妍貼向梅爾索。在夜色中，他感受到手心裡冰冷而立體的臉頰以及暖熱的雙唇，他讓手指浸淫在這個溫度中。於是，對他而言，這猶如一聲漠然又火熱的強大吶喊。面對著星星滿到要爆開的夜空，還有城市，宛如一個倒置的天空，滿載著人世間的光芒，城市上方深沉的熱騰騰氣息從港口飄向他的臉，他忽然渴望起有溫度的源頭，想要義無反顧地在生氣盎然的雙唇上，攫取這個無情而沉睡的世界的所有意義，彷彿那是藏在她嘴裡的一片靜謐。他俯身，結果彷彿吻了一隻小鳥。露希妍呻吟。他啃咬了她的唇，在幾秒之間，他嘴貼著嘴，吸進了這份溫度，隨著它遨遊，彷彿他把整個世界緊緊擁在懷裡。她則猶如溺水般緊緊抓著他，不時試圖跳出她所跳入的深淵，於是推開他的唇，隨即又拉回來，再度墜入冰冷黑暗的深淵，那深淵如神聖的空白般包裹著她。

……但愛莉安已準備要離開了。梅爾索即將在房間裡，沉思著度過安靜而漫長的午後。晚餐時，所有人都安靜不語，但皆不約而同地移至露台。日子最終總會接上日子，從因霧氣和陽光而閃閃發亮的早上海灣，到暖和的晚間海灣。旭日自海面升起，於山丘後方落下，因為從大海到山丘，只能經由天空這麼一條路。世界永遠只說一件事，它讓人有興趣，隨後又令人倦膩；但總有那麼一刻，它因為叨叨絮絮而終於獲勝，也因鍥而不舍而獲得報酬。「眺望世界之屋」的每個日子，是以笑聲和簡單舉止編織而成華麗的布匹，就這樣結束在夜空滿斗星光的露台上。蘿絲、克萊兒和梅爾索躺在長椅休憩，凱特琳坐在矮牆上。

在熱情又奧祕的天空，閃耀著夜色幽暗的臉龐。一些亮光閃過遠處港口的地方，火車的呼嘯聲間隔得愈來愈長。星星變大又減弱，消失又重生，彼此勾勒出轉瞬即逝的圖像，創構成嶄新的姿態。寂靜中，黑夜再度變得厚重扎實。黑夜裡盡是游移的星宿，任由眼睛享受這場光影遊戲，光影則為眼眶注入淚水。每個人都沉浸在高深的天空裡，在這個一切巧妙會合的極端點，重拾了那構成人生中一切孤寂的祕密又溫柔的思緒。

凱特琳頓時被愛悶得喘不過氣，只能長嘆一聲。梅爾索感覺到她音調變了，卻問：

「你們不冷嗎？」

「不冷。」蘿絲說，「況且這裡這麼美。」

克萊兒站了起來，把雙手放在牆頭上，臉轉向天際。就在世間最基本且最高貴的一切面前，她把自己的人生與欲望混而為一，並將她的希望與星星的移動交融在一起。她忽然回過頭來，對梅爾索說：

「日子好的時候，」她說，「要信任人生，這樣能逼它也好好回應。」

「是呀。」梅爾索說，並未看著她。

一顆星星劃過天際。她後方，在已然更暗的夜色中，一座遙遠燈塔的光束逐漸擴大。幾個人默默攀爬著小路，可以聽到他們的腳步聲和用力喘息的聲音。不久，飄來一陣花香。

世界永遠只說一件事。從星星至星星的耐心真相中衍生出一種自由，讓我們得以從自己和從其他人釋開，一如那從死亡至死亡的耐心真相一樣。梅爾索、凱特琳、蘿絲和克萊兒，於是體驗到他們對世界全然放鬆所產生的快樂。倘若這一夜猶如他們命運的象徵，那麼他們會希望它既情欲又祕密，希望它臉上既有淚水又有陽光。而且他們痛苦和喜悅的心，聽得懂這通向快樂的死的雙重課業。

時候晚了。已經午夜了。在這個宛如世界休息和沉思的深夜面前，一股無聲的膨脹和一陣星星的呢喃，預告著即將到來的甦醒。從滿裝著星宿的蒼穹，降下一道顫動的光芒。梅爾索望著他的朋友：凱特琳坐在牆頭上，頭往後仰；蘿絲躺在一張長椅上，雙手平放在咕啦身上；克萊兒直挺挺靠著牆壁佇立，飽滿額頭上有塊白斑。都是些勇於快樂、交換彼此的青春且保有自己祕密的年輕人。他走向凱特琳，從她閃著亮光的肩膀望向渾圓的天空。蘿絲來到牆邊，四人皆站在世界前了。彷彿忽然變得清涼的深夜露水，將他們眉間的孤獨痕跡洗去，讓他們得以從自我解脫，透過這個顫動而短瞬的洗禮把他們還給世界。在這個天空滿溢著星光的時刻，他們的舉動凝結在天空無聲的偌大臉孔上。梅爾索將手舉向黑夜，揮手時撩起一束束的星星，天空之水被他手臂所翻騰，而阿爾及爾在他跟前，在他們四周，宛如一襲寶石和貝殼的閃爍又灰暗的大衣。

第四章

清晨，梅爾索車子的霧燈照亮在海濱公路上。離開阿爾及爾市區時，他追上並超越一輛輛牛奶貨車，那由熱汗和馬廄混合出的馬匹氣味，令他更清楚覺察到清晨的清涼。天色仍漆黑一片。最後一顆星星緩緩在天上融化，黑暗中發亮的公路上，他只聽到引擎快樂如野獸般的聲音，以及稍遠處偶爾傳來的馬蹄聲，和滿載牛奶罐的哐啷聲，直到在一片漆黑的公路上，他的車燈照亮馬腳上閃閃發亮的四個鐵蹄。接著一切又被速度的聲音所掩蓋。他車速變快了，黑夜迅速轉為白晝。

車子從阿爾及爾丘巒間的黑夜出來，來到一條濱海的通暢公路上，早晨正渾然成形。梅爾索的車子飛速奔馳著。因露水而濕潤的路面，使車輪如通風孔排氣的微弱聲音倍增。每次行經彎道，一記煞車便使輪胎尖聲嚎叫，而在直線道，低沉的隆隆加速聲，短暫蓋過下方從沙灘傳上來的海浪聲。人在車上所感受到的孤獨，只有搭機能讓人更明顯地感受到。梅爾索完完整整和自己相處，精確的一舉一動讓他感到滿足，同時能回歸自己、回歸自己正在做的事。白晝現在已大剌剌敞開在路的盡頭。旭日自海面升起，剛才仍荒涼空曠的路邊田野，此刻也隨之甦醒，滿是展開紅色翅翼的鳥兒和飛蟲。偶爾有農夫穿越田野，而疾速前進的梅爾索，腦海留下的畫面僅是一個背著袋子的身影，以沉重的步伐踏在肥沃多汁的土地上。車子不時把他帶向能俯瞰海岸的丘坡。這些丘坡愈見陡峭，稍早之前還只是陽光襯托下不明顯的剪影，現在迅速接近，細部也變得清晰分明，忽然呈現在梅爾索眼前的坡腰，滿是橄欖樹、松樹和塗了灰泥的小屋子。接著，另一處彎道把車子拋向大海，大海的漲潮升向梅爾索，就像一份充滿海鹽、睡意的獻禮。車子於是在公路上呼嘯，繼續前往其他丘坡和總是一成不變的海岸。

一個月前，梅爾索向「眺望世界之屋」宣布他將離開。他將先旅遊一陣子，再定居於阿爾及爾一帶。過了幾個星期，他回來了，他知道從今以後，旅遊對他而言成了一種奇怪的生活：更換環境，他覺得只是一種不安的快樂。而且他也感受到一股不明的疲倦。他迫不及待想實現之前的計畫，即於距離蒂帕薩廢墟數公里處的什努亞區，在倚山傍海的地方買一棟小屋。到了阿爾及爾，他把自己人生的外在場景布置好。他買了不少德國醫藥產品的有價證券，聘請了一名經理人管理這筆生意，因此有了正當理由不用待在阿爾及爾，並且過著無拘無束的生活。投資生意的表現差強人意，他偶爾入不敷出，也使這筆收入得以不帶內疚地貢獻給他那強烈的自由。的確，只需把世界能理解的一面呈現給世界即可，剩下的交給懶惰和懦弱就行了。只要幾句廉價的傾訴告解話語，就能贏取無拘無束。接著，梅爾索著手打理露希妍的生活。

她沒有親人，獨自生活，在一家煤炭公司擔任祕書，常吃水果，並從事健身活動。梅爾索借書給她。她還書時不曾說什麼。他若問起，她便答道：「是呀，不錯。」或者：「內容有點憂傷。」他決定離開阿爾及爾的那天，提議要她和他一起生活，但要她仍住在阿爾及爾，不用工作，等他需要她的時候再去找他即可。他說得相當誠懇，免得露希妍感到受侮辱，這其中其實也沒有任何侮辱之意。露希妍經常透過身體來覺知她心靈所無法了解的。她接受了。梅爾索又說：「你若介意的話，我可以承諾娶你。但我覺得似乎沒有必要。」

「就按照你的意思吧。」露希妍說。

一星期後，他娶了她，並準備出發。這段期間，露希妍替自己買了一艘橘色獨木舟去藍色的海上划。

梅爾索猛地急轉彎，閃躲一隻早起的母雞。他思索著和凱特琳的那一番對話。離去的前一天，他離開「眺望世界之屋」，獨自去旅館過了一夜。

當時是下午，由於上午下了雨，整個海灣就像一面洗滌過的玻璃窗，而天空就像剛洗淨的清新衣物。正前方，海灣曲線盡頭的岬角顯得無比皎潔，它被陽光照得金黃，宛如夏季一尾大蛇平躺在海面上。梅爾索把行李都整理好了，現在，他手臂倚靠著窗框，殷切地望著這個世界的新生。

「既然你在這裡很快樂，我不明白你為何要離開。」凱特琳對他說。

「小凱特琳呀，我恐怕會被別人所愛，這樣我就無法快樂了。」

凱特琳窩在沙發上，頭略微低著，以她那無底的美麗眼神望著梅爾索。他頭也沒回地說：

「很多人把生活弄得很複雜，替自己安排命運。我呢，非常簡單。你看……」

他對著世界說話，凱特琳覺得自己像是被遺忘了。她望著梅爾索倚著窗框的手臂末端垂著的修長手指、望著他只倚放於單側臀部的站姿，以及她所看不到而只能想像的他的朦朧眼神。

「我想要說的是……」她說，但沉默下來，望著梅爾索。

趁著風平浪靜，海面上逐漸出現一些小帆船。它們駛上航道，展開翼帆填滿航道，又忽然把馳騁方向轉向外海，在身後留下一道氣流和水流，綻放成長長的泡沫盪漾。從凱特琳所在的位置，帆船在海面上前進，看來猶如一群白鳥從梅爾索四周起飛。他似乎感受到了她的沉默和凝望。他轉過來，牽起她的雙手，把她拉向自己。

「凱特琳，永遠別放棄。你內心擁有那麼多東西，尤其是最高貴的那個，即快樂感。別只期盼男人給你人生。有太多女人就是錯在這一點。要指望自己。」

「我沒有什麼好抱怨的，梅爾索。」凱特琳攬著梅爾索的肩膀，輕輕地說。「此刻只有一件事是重要的。你要好好照顧自己。」

他於是體會到，自己的篤定是多麼容易動搖。他的心出奇乾涸。

「這話，你不該現在說。」

他拎起行李箱，從陡峭樓梯下去，再從小路自橄欖樹林一路下去到橄欖樹林。前方等著他的，只剩下什努亞的那片苦艾和廢墟森林、一份既無希望亦無絕望的愛，伴隨著一段醋酸和花香的生活回憶。他回頭望。凱特琳從那上方，一動也不動地望著他離去。

不到兩個鐘頭後，梅爾索已可看見什努亞區。此刻，黑夜的最後幾抹紫色光暈，仍在什努亞一路延伸至海裡的丘陵上流連忘返，丘頂已被紅色和黃色的光芒照亮。彷彿此處有來自薩赫勒地區雄壯而厚實的土地，其輪廓奔繪在天際，形成這頭孔武健壯野獸的巨大背部，而牠又從這般高度潛入海中。梅爾索所買的小屋位在最末一區山坡上，距離海邊有百來公尺，現已浸淫在金黃色暖陽中。小屋除了地面上的一層，僅加蓋了一層，而在二樓這層，僅有一個房間及其附屬隔間。但這個房間很寬敞，有窗戶開向前院，並有很棒的大片窗戶和陽台面向大海。梅爾索迅速上樓。海面上已開始出現水氣，海藍色同時變得深邃，陽台暖紅色的磁磚也變得燦爛明亮。塗泥的欄杆矮牆上，爬著一株極美薔薇初開的花朵。薔薇花是白色的，由海景襯托著，堅實的花瓣有一種既飽滿又豐盈的感覺。一樓的房間之中，有一間面向什努亞的丘陵，丘陵上長滿了果樹，另兩個房間則分別面對院子和大海。院子內，兩棵松樹將巨大的樹幹伸向天際，僅僅頂端覆蓋著泛黃和綠色的葉毯。從屋內向外看，只能看到夾在兩棵樹之間的空間，以及樹幹之間大海的曲線。至少在此時此刻，外海裊裊升起水氣，梅爾索望著水氣從一棵松樹緩緩游移至另一棵松樹。

他將要在這裡過生活。這個地區的美，想必觸動了他的心。他之所以買下這棟屋子，也是為了這個地區。可是原本期望在此得到的休憩，現在卻令他害怕。而他如此清楚堅持尋覓的那份孤獨，現在當一切場景擺在眼前，反而顯得比他想像中更令人不安。小鎮距離不遠，大約數百公尺。他出門。有一條小徑從公路通往海邊。踏上小徑時，他首度發現，海的另一端可看到小點般的蒂帕薩。在這小點的末端，可見到神廟金黃柱子的輪廓，柱子旁是陳舊的廢墟，廢墟四周苦艾草叢生，遠看如覆蓋在地上的灰色羊毛。梅爾索心想，六月的晚間，風應該會把吸飽陽光的苦艾草香氣，從海面的另一頭吹送來什努亞。

他必須整頓並打理屋子。最初的幾天過得很快。他把牆壁刷上灰泥，去阿爾及爾買壁紙，重新牽設電線。白天的忙碌若有中斷，是他去鎮上的旅館用餐，或去海邊游泳。他會忘記自己為何來到此地，迷失在身體的疲憊中，餓著肚子，腿瘦又僵，憂心著某處尚未粉刷，或走廊上某個線路壞了。他睡在旅館，逐漸認識鎮上的人：週日下午來打俄式撞球和乒乓球的幾個男孩（他們來打一整個下午的球，卻只消費一杯飲料，令老闆大為光火）、晚間來濱海公路散步的幾個女孩（她們互相挽著手，咬字的最後一個音節有點飄），以及供給魚貨給旅館、只有一條手臂的漁夫佩雷茲。他也在這裡認識了鎮上的醫生貝爾納。但屋內一切整頓完畢的那天，梅爾索把家當搬進去，較為回神了。當時是傍晚。他在二樓的房間，窗外，兩個世界爭奪著兩棵松樹之間的空間。在其中一個幾乎透明的世界裡，星星愈來愈多。在另一個較濁重且較黑暗的世界裡，一股隱密的水流擺動，暗示著大海的存在。

到目前為止，他一直表現得相當隨和，認識來幫忙他的工人，或與咖啡館老闆閒聊。但今晚，他意識到自己不論是明天或以後，再也沒有任何人要見，也意識到自己終於面對著期盼已久的孤獨。自從他意識到自己不用再見任何人的那一刻起，明天顯得無比可怕地接近。不過他說服自己相信，這正是他想要的：只有他自己面對自己，而且就這樣，直到耗盡為止。他決定要抽菸和沉思直到深夜，但十點左右他便睏了並就寢。隔天早上他起得很晚，十點左右才起來，弄了早餐，沒梳洗就先吃。他感到有些倦怠。他沒刮鬍子，頭髮蓬亂打結。吃完後他沒進浴室，反而在各個房間閒晃，翻閱雜誌，最後很高興發現牆上有個鬆脫的開關，於是著手修復。有人敲門。是旅館的小男孩替他送午餐來，一如昨晚他所安排的。因為懶，他直接以這副模樣開始用餐，即使毫無胃口也照吃不誤，免得菜涼掉，然後他躺在樓下房間的沙發上抽菸。他醒來時，很生氣自己居然睡著了，此時是四點。他於是開始梳洗，仔細刮鬍子，終於更衣，並寫了兩封信，一封給露希妍，一封給那三個女大學生。時候很晚了，天色轉暗。不過他仍前往鎮上寄信，且並未見到任何人就回來了。他上樓到房間裡，走出來到陽台上。大海和黑夜在沙灘上和廢墟對話著。他則沉思著。一想起荒廢了今天，他就滿心不悅。起碼今天晚上，他想工作，想做點事情，閱讀或出去夜色中走走。院子的柵門發出嘎吱聲。他的晚餐送來了。他餓了，胃口大開地吃著，於是感覺到自己無法出門。他決定在床上閱讀。但他的雙眼在開頭幾頁就閉上了，隔天他很晚才醒來。

接下來幾天，梅爾索試圖對抗這種侵襲。柵門的嘎吱聲和無數的香菸填滿了每一天，隨著日子一天天過去，一股焦躁讓他得以看出，促使他過這種生活的舉動，和這種生活本身，兩者之間不成比例。某天晚上，他寫信請露希妍過來，就這麼打破了他如此期待的孤獨。信寄出去以後，他內心暗自羞愧不已。可是露希妍到來時，這份羞愧化為一種傻氣而急促的喜悅，占據了他整個人，他終於又見到一個熟悉的人，她的到來意味著輕鬆的生活。他忙前忙後地照顧她，露希妍有點訝異地看了看他，但最擔心的總是自己燙得很平整的白色麻質洋裝。

他於是出去郊外，但是帶著露希妍同行。他再度感受到自己和世界的默契，方式是把手放在露希妍的肩上。他躲進了男人的身分裡，因而逃避了自己內心的恐懼。然而兩天後，露希妍令他厭煩。她偏偏選在這時候提議要和他生活在一起。他們當時正在吃晚餐，梅爾索頭也沒抬便斷然拒絕。

沉默了片刻後，露希妍以淡然的語氣又說：

「你不愛我。」

梅爾索抬起頭。她眼眶裡滿是淚水。他態度軟化：

「可是我從來就沒那樣說過呀，孩子。」

「的確，」露希妍說，「正因為如此。」

梅爾索站起來，走向窗邊。兩棵松樹之間，夜空滿天星斗。或許梅爾索心中從來不曾像這樣，既焦躁，又對剛度過的幾天感到如此反感。

「露希妍，你長得漂亮。」他說，「我只看眼前，沒有長遠打算。我並不要求你什麼。這樣對我們倆已足夠。」

「我知道。」露希妍說。她背對著梅爾索，用餐刀末端刮著桌巾。他走到她身旁，摟住她的頸背。

「相信我，沒有所謂的痛徹心腑，沒有千古悔恨，沒有深刻回憶。凡事都會被遺忘，哪怕是偉大的愛情。這是人生中既令人難過又興奮的部分。只有一種看待事情的方式，它偶爾會浮現。所以人生中若曾有過偉大的愛情，有過心痛的一往情深，仍是好事一樁。在我們被沒來由的絕望給壓得喘不過氣時，這至少能充當一種慰藉。」

過了一會兒，梅爾索思索後又說：

「我不知道你是否能明白。」

「我想我明白。」露希妍說。她忽然回過頭來看著他：「你不快樂。」

「我將會快樂的。」梅爾索激動地說。「我非快樂不可。我手指間有了這個夜晚、這片海，和這個頸背，我非快樂不可。」

他把頭轉向窗戶，手用力握著露希妍的頸子。她沉默不語。

「至少，」她並未看著他，說，「你對我有一點友誼吧？」

梅爾索在她身旁蹲下來，啃咬她的肩膀。「友誼，有呀，就像我對夜晚也有友誼那樣。你造就了我眼睛的喜悅，你都不知道這份喜悅在我心中占了多麼重要的位子。」

她於隔天離去。再隔天，梅爾索由於無法接受自己，開車去了阿爾及爾。他先去了「眺望世界之屋」。他的女性朋友答應當月月底就去拜訪他。接著他想回去看看以前住的那一帶。

他的房子租給一位咖啡館老闆。他到處打聽那個製桶匠的下落，但沒人知道。據悉他去巴黎找工作了。梅爾索四處漫步。餐館的謝雷思特變老了，倒也老得不多。賀奈依然在店裡，仍患著肺結核，仍是一臉嚴肅。大家都很高興再見到梅爾索，這場相聚讓他很感動。

「噢！梅爾索，」謝雷思特對他說，「你都沒變。仍是老樣子，噢！」

「是呀。」梅爾索說。

這種奇特的盲目，令他感到有趣：人們對於自身的變化明明觀察入微，對於朋友在他們心目中的形象，卻是一旦認定了就再也不會改變。對他而言，別人是以過去的他來認定他。一如狗的個性不會改變，人心目中的別人便猶如狗一樣。而即使謝雷思特、賀奈等人曾與他如此熟悉，他現在對他們而言，也變得猶如一顆無人居住的星球那樣陌生而封閉。不過他與他們道別時，心中是懷著友誼的。他從餐館出來的時候，遇到瑪莎。一見到她，他便意識到自己差不多已把她遺忘，同時又期望遇到她。她依然擁有那張彩繪女神般的臉龐。他默默地渴望她，但心意並不堅決。他們一同漫步。

「噢，梅爾索，」她說，「我真高興。你有什麼進展？」

「沒什麼進展。我住在鄉下。」

「那樣真棒。我呀，一直很嚮往那樣。」

沉默了一會兒後，她說：「你知道，我不怪你。」

「是呀，」梅爾索笑著說，「你找到別的懷抱了。」

結果瑪莎語氣丕變，是他以前從來沒見過的。

「說話留點口德，行不行？我早就知道總有一天會那樣結束。你是個奇怪的傢伙。而我還只是個小女生，就像你說的那樣。所以事情發生的時候，我當然很生氣，你也知道的。但最後我心想，你不快樂。真妙呀，是不是？我也說不太清楚，但那是我們之間的事情第一次令我這樣又難過又快樂。」

梅爾索驚訝地望著她。他回想起來，忽然發現瑪莎一直對他很好。她全然地接受他這個人，並讓他減少了很多孤獨。他對她太不公平了。他的想像力和虛榮賦予她過高的價值，他的驕傲卻未給予她充足的價值。他覺得這真是個殘酷的矛盾，對於我們所愛的人，我們總是有著雙重的誤會，先是對他們有利的誤會，爾後是對他們不利的誤會。他今天才明白，瑪莎是以平常心對待他，她以前所呈現出來的便是原本的她，而基於這一點，他虧欠她很多。此刻飄著幾乎感受不到的細雨，只夠映照出街上的光線。在一滴滴的光點和雨水中，看到瑪莎忽然變得嚴肅的臉龐，他頓時感受到一股難以言喻的澎湃感激，換作別的時候，可能會被他當成某種愛意。但他卻只說得出幾句貧瘠話語。「你知道，」他對她說，「我滿喜歡你的。現在都還滿喜歡你的，如果有什麼我能做的……」

她對他微笑：「不用了，我還年輕，所以你也知道，我是不會客氣的。」

他點點頭。他和她之間，距離多麼遙遠，兩人又是多麼有默契。他在她家門前和她分手。

她撐開了傘，說：「希望我們還會再相見。」

「是呀。」梅爾索說。她憂傷地淺淺一笑。「噢，」梅爾索說，「你又露出小女生的表情了。」

她躲到門廊下，把傘收起來。梅爾索向她伸手，也微笑了：「再見了，表象。」她迅速握了握他的手，忽然親了親他兩側臉頰，然後奔跑上樓。梅爾索獨自待在雨中，臉頰上仍能感受到瑪莎冰冷的鼻子和溫暖的嘴唇。這個突如其來且淡然的吻，完全就像維也納那個雀斑小妓女的吻那麼的純真。

儘管如此，他去找露希妍，在她家過夜，隔天並請她陪他去大道上散步。他們將近中午時沿著大道而下。太陽底下曬著一些橘色船身的小舟，宛如切片的水果。鴿群和其影子的雙重飛翔，往碼頭潛降，立即又以緩長的弧線上升。燦爛的陽光輕柔地加溫著。梅爾索望著紅色和黑色的汽船緩緩從航道出發，加速，再大幅度轉向海天相會處那泡沫般的光芒。對於送別的人而言，離別中有一種淡淡的苦澀。「他們真好運。」露希妍說。

「是。」梅爾索說。他心裡想著「不是」，或至少他不羨慕這種好運。對他而言，重新開始、再出發和嶄新生活，仍是有吸引力的。但他知道，能藉此獲得快樂的，只有懶惰和無能的人。快樂意味著抉擇，在此抉擇內，還要有一份相輔且思慮清楚的意志。

薩格勒斯說過的話言猶在耳：「憑的不是放棄的意志，而要憑追求快樂的意志。」他的手臂攬著露希妍，手心捧著她溫暖柔嫩的乳房。

當天晚上，梅爾索開車回到什努亞，面對滿漲的海水和忽然顯露的丘陵，內心感到一片寂靜。藉由模擬某些嶄新開始，透過意識自己過去的人生，他在內心確認了他想要和不想要成為的。他為這幾天以來的分心感到羞愧，他認為這種日子危險卻必要。他大可沉溺於其中，就此錯失唯一的選擇。但儘管如此，凡事皆須去適應。

梅爾索在車子行進中，細細琢磨這個雖羞辱人卻珍貴無價的真相，即他所尋覓的那種獨特快樂，其前提為早起、定期游泳，以及刻意保持衛生。他車開得飛快，決定利用這股衝勁，讓自己進入一段新的人生，之後不需再為此人生費力，即可讓自己的呼吸迎合光陰和人生的深沉節奏。

隔天他早早起床，前往海邊。天色已完全明亮，空中滿是鳥群的拍翅聲和吱喳聲。但太陽才正要從海平線上升起，而當梅爾索進入尚無光輝的水中，他感覺自己好像游在一個將明而未明的黑夜裡，直到旭日終於升起，他的手臂潛入泛紅又冰冷的金色水流中。他於此時歸返，回到家中。他感到身體很覺醒，準備好要迎接任何事情。接下來幾天，他在天要亮未亮時就去海邊。這第一個舉動便決定了接下來的一整天。這樣去游泳令他疲累；但同時，游泳所帶給他的虛弱和元氣，又讓他一整天有一種快樂的放縱和懶散感覺。然而他感覺每一天變得更漫長了。他的時間尚未擺脫舊日充當標示記號的殘餘習慣。他沒有任何事要做，於是他的時間無限延伸擴展了。每一分鐘又恢復它奇蹟般的價值，但他尚未這樣地去看待它。旅行時，每一天宛如永無止盡，在辦公室上班時，從週一到週一卻彷彿是電光石火；而同樣地，儘管那些施力點已不復存在，他仍想要找回它們，明明在新人生中它們已無用處。有時候，他拿起手表，看著指針從一個數字移至另一個數字，不禁讚嘆五分鐘感覺起來多麼無窮無盡。想必這手表，替他開啟了通往無所事事之最高境界的崎嶇痛苦之路。他學會散步。有時候，下午，他沿著海灘一路走到另一端的蒂帕薩廢墟，然後躺在苦艾草叢裡，手放在一塊溫暖石頭上，向這個宏偉得叫人難以承受的暖熱天空打開自己的雙眼和心扉。他調整自己的脈搏，順應兩點鐘太陽的劇烈跳動。他身處在眾多原始氣味和睡意濃厚的蟲鳴合奏之中，看著天空由白色轉為純淨藍色，不久再淡化成綠色，並把它的輕盈和溫柔傾倒在仍暖熱的廢墟上。然後他早早回家就寢。如此從一個太陽奔向另一個太陽的過程中，他的每一天出現規律節奏，節奏緩慢又奇特，對他而言變得不可或缺，就像從前的辦公室、餐館和睡眠那樣地不可或缺。不論是兩者的哪一者，他卻幾乎都未曾意識到。至少，在他心神清楚的此刻，他感覺到時間是屬於他的，並感覺到從紅色大海轉為綠色大海的短暫片刻，每一秒都為他呈現出某種永恆。他並未從每一天的日常歷程以外，窺見永恆，或探得超乎凡人的快樂。快樂是凡人的，永恆是日常的。重點是要懂得謙卑，要懂得讓自己的心順應每天的節奏，而非硬要求每天的節奏順應我們的期望。

一如在藝術上要懂得適可而止，一個雕塑作品總有某一刻是該停手的時候，對於藝術家而言，刻意地不求聰明，反而總是比最行雲流水的睿智洞見來得有益；同樣地，若欲在人生中增添快樂，亦需要一種最低限度的無知。沒有這種無知的人，只好自己多努力獲取吧。

星期日，梅爾索會和佩雷茲一起打撞球。佩雷茲僅有一條手臂。他的斷臂斷在手肘上方，打球時會拱著上半身，用斷臂挾著球桿，模樣很怪異。他早上出海捕魚時，梅爾索總是很欽佩這位老漁夫能靈巧地用腋下挾著左船槳，站立在小船上，側著身子，用胸膛划一支槳，並用手划另一支槳。兩人相處得十分融洽。佩雷茲會做辣醬烏賊，他用烏賊本身的汁液將烏賊燉熟。梅爾索和他一起，兩人在佩雷茲的廚房裡，用麵包直接從一個積著油膩污垢的鍋子裡，把又黑又燙的醬汁沾起來吃；而且，佩雷茲從來不說話，梅爾索很感謝他竟有本事如此沉默。有時候，早上游完泳後，梅爾索遇見他準備出海打魚，便上前詢問：

「佩雷茲，我跟你一起去好嗎？」

「上船。」對方說。

他們便把槳分別放在兩個支點，合力划動，並留神別讓腳纏到延繩的釣鉤，至少梅爾索是如此。接著他們開始釣魚，梅爾索留意各魚線的動靜，魚線在水面上光澤明亮，在水面下則波影粼粼而漆黑。陽光在水面上碎成千萬個小片段，梅爾索吸到一股沉重而令人窒息的氣味，宛如一陣自大海升起的呼息。有時候，佩雷茲釣起一尾小魚，便會把牠丟回海裡，說：「找你媽去。」他們於十一點回來，梅爾索雙手沾著鱗片而閃閃發亮，臉上曬飽了陽光，回到如地窖般清涼的家裡；佩雷茲則去料理魚獲，晚上兩人一起吃。日復一日，梅爾索就像潛入水裡那樣踏入自己的人生。一如雙臂划動加上水流沖載運送就能讓人前進，他只需要幾個關鍵動作，譬如一手扶著樹幹，或去海灘上奔跑一番，就能讓自己保持完整和意識清醒。如此一來，他返抵一種純粹的生活，重回一種只有最欠缺或最富有智慧的動物才能享有的天堂。在心靈否認心靈的階段，他觸碰到自己的真理，也因此觸碰到真理至高的榮耀和愛。

拜貝爾納醫生之賜，他也融入鎮上的生活。他某次身體微恙，不得不請貝爾納來家裡看診，他們後來又見過幾次面，而且相處甚歡。貝爾納沉默寡言，但他有一種冷眼看人生的心態，為他玳瑁鏡框中的雙眼增添光芒。他曾在印度支那執業許久，四十歲後退居到阿爾及利亞的這個角落。幾年來，他和妻子過著悠閒的生活，她是個幾乎不說話的印度支那人，頭髮梳綁成髻，穿著現代化的套裝。貝爾納憑著包容的本領，在任何地方都能適應。這意思是他喜歡鎮上所有的人，鎮上所有的人也喜歡他。他帶著梅爾索串門子。梅爾索和旅館老闆已經很熟，老闆以前是男高音，經常在櫃檯引吭高歌，每每哼上兩句《托斯卡》就毆打妻子一頓。大家請梅爾索與貝爾納一起擔任節慶委員。而每到節慶，如七月十四日國慶日或其他節日，他們便手臂上掛著紅白藍的三色臂章走來走去，或和其他委員，圍著一張沾了甜黏開胃酒漬的綠色鋼板桌，討論樂師表演台四周究竟該以衛茅或棕欖作裝飾。他甚至差點捲入一場選舉紛爭。但梅爾索及時認識了鎮長。他十年來「受居民之託主導大局」（這是他自己說的），長年下來，他自以為是拿破崙皇帝。種植葡萄發財後，他替自己蓋了棟希臘風格豪宅。他帶梅爾索參觀了一番，包括地面的一層樓，以及加蓋的一層樓。但鎮長絲毫不肯將就，為房子安裝了一台電梯。他讓梅爾索和貝爾納試搭。搭完，貝爾納心平氣和地說：「它很順。」從這天起，梅爾索便十分欣賞這位鎮長。貝爾納和他用盡自己的各種影響力，讓他保住這個他在許多方面都當之無愧的鎮長位子。

到了春天，這個位在山海之間、許多紅色屋頂緊緊相鄰的小鎮，遍地都是鮮花、粉紅薔薇、風信子、九重葛，以及蟲鳴。午休時分，梅爾索到自家陽台上，望著在燦爛陽光下沉睡而輕煙裊裊的小鎮。鎮上最為人津津樂道的鎮史，是莫拉雷司和賓格斯之間的互相較勁，兩人都是富有的西班牙殖民者，經過一連串投機發財，兩人如今都是百萬富翁。他們爭先恐後地炫富。只要其中一人買車，必定買最昂貴的一款。而另一人買了同款車，就再加裝銀門把。深諳箇中之道的是莫拉雷司。大家都稱他「西班牙國王」。他在各方面都打敗賓格斯，因為賓格斯欠缺想像力。大戰時，賓格斯認購了好幾十萬法郎公債的那一天，莫拉雷司昭告天下說：「我呀，做得更好，直接把兒子給出去。」於是他讓年紀仍太小的兒子入伍當兵。一九二五年，賓格斯從阿爾及爾開了一輛美侖美奐的布嘉帝跑車回來。十五天後，莫拉雷司自行打造了一座停機棚，並購入一架高德隆[8]飛機。這架飛機至今仍在停機棚裡沉睡，只有週日展示給訪客看。賓格斯每次提到莫拉雷司，總說：「那個窮酸鬼。」莫拉雷司則稱賓格斯：「那個沒用的東西。」

貝爾納帶梅爾索去莫拉雷司家。在滿是蜜蜂和葡萄氣味的廣大果園裡，莫拉雷司依所有該有的禮數接待了他們，但他因為受不了穿外套和皮鞋，只穿了帆布便鞋和襯衫。他們參觀了飛機、汽車，以及他兒子獲頒而展示在客廳的勳章，莫拉雷司不斷向梅爾索說務必要將外國人逐出法屬阿爾及爾（他本身已經歸化了，「可是說到那個賓格斯呀……」），並帶他們去參觀一項新發現。他們踏入一片占地廣袤的葡萄園，園子中央的小徑會合處整理出一塊圓形空地。空地上擺設了

8 高德隆（Caudron），法國最早的飛機製造公司之一，曾製造一次和二次大戰的軍機，後由雷諾汽車公司併購。

一套路易十五年代的沙發，木材和布料均是最上等珍貴的。如此一來，莫拉雷司就能在自己的田地上接待訪客。梅爾索禮貌地詢問，萬一下雨該怎麼辦，莫拉雷司抽著雪茄，眼睛眨都沒眨便說：「換掉。」與貝爾納回去的路上，話題盡是讚揚這位暴發戶是詩人。在貝爾納眼中，莫拉雷司是個詩人。梅爾索則認為他像個即將衰敗的羅馬皇帝。

過了一段時日，露希妍來什努亞待了幾天又離去。某星期日上午，克萊兒、蘿絲和凱特琳依約來探訪梅爾索。但他距離隱居剛開始時驅使他跑去阿爾及爾的那種心境已經非常遙遠了。不過見到了她們，他仍是高興的。他和貝爾納一起去黃色大巴士的客運站接她們。這天的天氣甚好，鎮上處處是流動肉販的漂亮紅色貨車、茂盛的鮮花，以及穿著淺色衣服的人群。應凱特琳要求，他們在咖啡座待了一會兒。她喜歡這種光采和生活，在背後倚靠的牆壁後面，她能隱約感受到大海。準備離去時，一旁緊鄰的巷子裡爆出驚人的樂聲。想必是

《卡門》裡的〈鬥牛士進行曲〉，但太用力且太奔放，使各樂器無法適得其所。「是那個體操協會。」貝爾納說。不過卻赫然出現二十幾個陌生樂師，不停地吹奏各式各樣的管樂器。他們正朝咖啡館而來，而在他們後面，有個人戴著扁頂草帽，草帽下墊著一條手帕，還用廣告單充當扇子搧著風，此人正是莫拉雷司。他從城裡租了樂師來，「這年頭這麼不景氣，生活太苦悶了。」他後來如此解釋道。他也坐了下來，把樂師布置在自己四周，不再遊行。咖啡館裡人滿為患。於是，莫拉雷司站起來，環顧四周，傲然地說：「依本人要求，樂團將演奏〈鬥牛士〉。」

離去的時候，三個小妞笑得要命。但回到家裡，房間內的陰涼，使映滿院子陽光的牆面更顯得潔白明亮，她們又變得沉默，並重拾一種深沉的默契。以凱特琳而言，即化為一股想要去陽台上做日光浴的欲望。梅爾索送貝爾納回家。這是貝爾納第二次瞥見梅爾索的私人生活部分。他們之前不曾談過私事，梅爾索知道貝爾納並不快樂，貝爾納面對梅爾索的人生則感到有些困惑。他們分手時誰也沒說什麼。梅爾索和朋友們說好明天一大早，四人一起去爬山。什努亞山非常高且非常難攀登。想想明天八成是累人又充滿陽光的美好一天。

清晨，他們開始攀爬陡峭的山坡。蘿絲和克萊兒走在前面，梅爾索和凱特琳殿後。大家沉默不語。他們漸漸爬高，海面上因晨間霧氣而仍一片白茫茫。梅爾索也不說話，他整個人融入了布滿凌亂短髮般秋水仙的山巒、冰冷的泉源、陰影與陽光，以及他那先是同意後又抗拒的身體。他們費力地專注於行走，早晨的空氣進入他們胸肺時，猶如燒紅了的鐵或帶著細倒勾的刀鋒，他們全神貫注地用心超越，努力想戰勝陡坡。蘿絲和克萊兒累了，放慢了腳步。凱特琳和梅爾索超前了她們，不一會兒便將她們遠遠拋在後頭。

「還好嗎？」梅爾索說。

「還好，這裡很美。」

太陽在天際持續上升，嗡嗡蟲鳴聲也隨著溫度漸漸壯大。不久，梅爾索脫掉襯衫，打著赤膊繼續行走。汗水流在被太陽曬得脫皮的肩膀上。他們走上一條看似沿著山腰繞的小徑。他們腳底下的草更濕潤了。不久便傳來悅耳的泉源聲，在一處凹陷的山壁，噴躍著清涼和陰影。他們互相潑濺，飲用了幾口水，然後凱特琳在草地上躺下來，梅爾索沾濕了的頭髮顏色變深，捲曲在額頭上，他眨著眼睛，瞭望著眼前滿是廢墟、光亮道路和燦爛陽光的景致。然後他在凱特琳身旁坐下來。

「梅爾索，趁著現在只有我們倆，告訴我，你快樂嗎？」

「你看。」梅爾索說。道路在陽光下顫動，形形色色的各式鑽動映入他們眼簾。

梅爾索一面微笑著，一面搓揉自己的手臂。

「是呀，但是我想問問你。當然，你若覺得煩，不回答也行。」

她猶豫了一會兒：「你愛你太太嗎？」

梅爾索微笑了。

「那不是必要的。」他攬住凱特琳的肩膀，一面搖搖頭，一面用水沾灑她的臉。「小凱特琳呀，錯就錯在誤以為人必須選擇、必須做想做的事，以為快樂是有條件的。可是呢，唯一重要的，只有追求快樂的意志，一種永遠放在心上的強烈意識。其餘的，女人、藝術作品，或者世俗的功名，都只是藉口。那是等著我們去織繡的空白繡布。」

「是呀。」目光裡滿是陽光的凱特琳說。

「我在意的，是具有一定品質的快樂。唯有當快樂與和它相反的事物呈現激烈對立衝突時，我才能夠嘗到快樂的滋味。我快樂嗎？凱特琳！你一定聽過那句話：『假如人生必須重來』，那麼，我仍會照原來相同的方式過。當然，你無法明白這是什麼意思。」

「確實不明白。」凱特琳說。

「該怎麼告訴你呢，孩子。我之所以快樂，是因為我於心不安。我需要出走，爭取這份孤獨，讓我得以在內心面對該面對的，認清哪部分是陽光，哪部分是淚水……是呀，我擁有凡人的快樂。」

蘿絲和克萊兒來了。他們再度拎起背包。小徑依然沿著山腰而行，現在帶著他們來到一個植物茂盛的地帶。幾條山徑的兩側依然遍布著仙人掌果、橄欖樹和棗樹。有時，騎著驢子的阿拉伯人迎面而來。他們繼續向上攀。太陽現在以雙倍力量拍擊在沿路的每一塊石頭上。到了中午，他們被炎熱壓得喘不過氣，周身的芳香和滿身的疲憊，使他們丟下包包，放棄攻頂。山坡是岩壁，盡是銳利石子。一棵瘦弱的小橡樹以它圓圓的影子替他們遮陽。他們把口糧從包包拿出來吃。光芒和蟬鳴使整座山蠢蠢欲動。熱氣不斷竄上來，侵襲橡樹下的他們。梅爾索趴在地上，胸口貼著石子，吸入一口滾燙的香氣。他的肚子受到彷彿在運作的山巒的無聲襲擊。單調的襲擊、暖熱石子間震耳欲聾的蟲吟，以及原始野外的各種香氣，最終使他沉沉睡著。

他醒來時渾身大汗且腰酸背痛。應該三點了。女孩們不見蹤影。不久，笑聲和叫聲預告了她們的歸來。炎熱消退，該下山了。就在這時候，要啟程下山時，梅爾索第一次暈眩。他重新站起來時，看到一片很藍的海襯托著三張擔憂的臉孔。他們用更緩慢的速度下山。快到山腳時，梅爾索表示想休息一下。大海隨著天空轉青綠，從海平面浮升起一股溫柔感。什努亞沿著小海灣延伸出去的丘陵上，柏樹逐漸變暗。所有人都沉默不語。然後克萊兒說：「你看起來累了。」

「大概吧，小女孩。」

「你知道，這不關我的事。但這個地區對你一點意義也沒有。這裡太靠近海，太潮濕了。你為什麼不搬去法國，住在山上呢？」

「克萊兒，這個地區對我一點意義也沒有，但我在這裡很快樂。我感覺很能融合在這裡。」

「勸你去法國，就是為了能那樣過得更徹底，且更長久。」

「快樂的生活並不能更長或更短。當下快樂就是快樂，僅此而已。死也不能阻礙什麼，它只是快樂的一場意外。」所有的人都沉默了。

「我不信。」過了一會兒，蘿絲說。

他們在逐漸降臨的夜色中緩緩踏上歸途。

凱特琳自行決定要聯絡貝爾納。梅爾索在自己房間裡，從窗玻璃明亮影子的上方，他能看到欄杆矮牆的白色斑漬、宛如一條暗色波動帆布的大海，以及上方顏色較淺但毫無星星的天空。他感到虛弱，但不知為何，虛弱反而讓他覺得輕鬆且神智清明。貝爾納來敲門時，梅爾索感覺自己將對他全盤托出。倒不是因為祕密在他心中太過沉重。

這方面並沒有祕密。如果他到目前為止隻字未提，那是因為在某些地方，人們不會輕易說出心中的想法，深知這些想法必然衝擊到偏見和愚昧。可是今天，由於一身的疲累，以及深切的誠摯，就像藝術家在長時間琢磨和修改作品後，終有一天覺得需要將它公諸於世，將它呈現在世人眼前——梅爾索感覺自己非說不可了。雖然也不確定自己是否會真的付諸行動，但他仍耐心地等候貝爾納。

樓下的房間傳來兩聲清脆的笑聲，他聽了不禁微笑。這時，貝爾納進來了。

「如何？」他說。

「就這樣。」梅爾索說。

他替他聽診。聽不出個所以然。但如果梅爾索可以的話，他希望他去照個X光片。

「再說吧。」梅爾索說。

貝爾納沉默了，在窗邊坐了下來。

「我呀，可不喜歡生病。」他說，「我知道生病是怎麼一回事。再也沒有什麼比生病更醜陋或更討厭的了。」

梅爾索無動於衷。他從沙發站起來，遞菸給貝爾納，自己也點了一根，笑著說：

「貝爾納，我能不能問你一個問題？」

「好。」

「你從來不游泳，為何偏偏挑這個地方隱居？」

「噢，我也不知道。很久以前的事了。」

過了一陣子，他又說：

「說來，我總是因為氣惱才行動。現在好多了。以前，我想要快樂，想要做該做的事，譬如，在一個我喜歡的國家安頓下來。但情感上的期望總是假的，所以該以最容易的方式過活——別勉強自己。這樣有點憤世嫉俗，但這是你要生存必須有的觀點。以前在印度支那，我使出渾身解數。到了這裡，我得過且過。就是這麼簡單。」

「是呀。」梅爾索邊說邊抽菸，他深陷在座椅裡，望著天花板。「但我不覺得所有情感上的期望都是假的，它們只是不理性而已。總之，我唯一感興趣的經歷，正是凡事都如原本所願的。」

貝爾納微笑了：「是呀，一個量身訂做的命運。」

「一個人的命運呀，」梅爾索並未移動地說，「如果他以熱情去和它結合，就總是引人入勝的。而對某些人而言，一個引人入勝的命運，總是量身訂做的命運。」

「是呀。」貝爾納說。然後他費力地站起來，稍微背對著梅爾索，凝視著夜色片刻。

他並未望向他，逕自接著說：

「你和我一樣，是這個地區唯一生活沒有伴侶的人。你的太太和朋友，我就不提了。我知道她們只是過客。然而，你似乎比我更熱愛人生。」他回過頭來，「因為對我而言，熱愛人生並不在於去游泳，而在於以精采、緊湊的方式過活。不同的女人、不同的奇遇、不同的國度。是要行動，是要做某種勉強。一種激昂而美妙的人生。總之我的意思是……你明白的。」他彷彿因為一時激動竟顯得有些慚愧，「我太熱愛人生了，不能只靠自然景色來滿足。」

貝爾納拾起聽診器，把診療包闔上。梅爾索對他說：

「說穿了，你是個理想主義者。」

他感覺一切都封存在從出生到死亡的這一刻，一切都以此為依據且投注於此。

「唉，你知道，」貝爾納有些惆悵地說，「理想主義者的相反，往往是沒有愛的人。」

「千萬別這麼想。」梅爾索邊說邊把手伸向他。

貝爾納握了他的手許久。

「若要像你這麼想，」他微笑地說，「世上只有仰賴巨大絕望或巨大希望而活的人。」

「或許兩者皆仰賴吧。」

「噢，我這不是發問！」

「我知道。」梅爾索認真地說。

當貝爾納走到門口，梅爾索在不假思索的衝動驅使下，叫住了他。

「是。」貝爾納醫師回頭。

「你是否可能對一個人產生鄙視？」

「也許吧。」

「條件是什麼？」

對方沉思。

「我覺得好像相當簡單。只要此人是被利益或貪財的念頭所驅使，我就可能鄙視他。」

「的確相當簡單。」梅爾索說，「晚安，貝爾納。」

「晚安。」

剩下梅爾索一人後，他沉思著。到了他現在所處的階段，他對別人的鄙視已無動於衷。但他認出了貝爾納身上有一些深層的共鳴，能拉近他和他之間的距離。某部分的自己居然批判另一部分，他似乎對此感到無法忍受。他的舉動是否是基於利益？他已體會到一個關鍵且不道德的真理，即金錢是為自己博得尊嚴最可靠也最快速的一種辦法。他已徹底屏除了所有出身良好的人會有的苦悶，即認為好命人的誕生和成長環境，先天具有某種不公不義和卑劣。這種黑暗且令人憤恨的詛咒，認定窮人在貧困中展開人生，亦將在貧困中結束人生，他以金錢對抗金錢，以恨意對抗恨意，奮力抗拒這種詛咒。在這種蠻力對決之中，有時候，在涼爽海風吹拂下，天使偶爾也會現身，沐浴在翅膀和光暈的快樂之中。只不過，他對貝爾納隻字未提，他的藝術作品也將永遠不為人所知。

隔天下午，約莫五點左右，女孩們離去了。坐上巴士之前，凱特琳回頭望向大海。

「再見了，海灘。」她說。

過了一會兒，三張笑盈盈的臉龐隔著後方的車窗看著梅爾索，然後，黃色巴士宛如一隻金色大蟲，消失在光芒中。天空儘管清澈，卻有些許壓迫感。梅爾索獨自一人在路上，內心深處有一種解脫夾雜著悲傷的感覺。直到今天，他的孤獨才變得真實；直到今天，他才感覺到自己與它相連。而知道自己接受了它、知道自己今後將主宰接下來的日子，令他心中充滿強烈依附上來的憂鬱。

他並未走大馬路，而是從角豆樹和橄欖樹之間，繞走山腳一條通往他家後面的小路。他腳下踩碎了幾顆橄欖，發現整條小路上遍布著黑色斑漬。夏末之際，角豆樹讓整個阿爾及利亞瀰漫著愛的氣味，而傍晚或雨後，彷彿整片大地在曬足了太陽後休憩著，它的肚子被有著苦巴旦杏仁香氣的種子所濡濕。一整天當中，它們既沉重又有壓迫感的氣味，從高大的樹上飄降下來。在這條小路上，隨著傍晚的到來和大地放鬆的呻吟，氣味卻變得稀薄，梅爾索的鼻孔幾乎聞都聞不到——猶如經過一整個悶熱下午後，一起出門上街的情婦，她與你肩並肩，於燈光和人群之中凝望著你。

面對著這愛的氣味和被踩碎的濃郁果實，梅爾索於是明白這一季即將告終。漫長的冬天即將展開。但他已成熟得可迎接它了。從這條小路看不到海，不過山頂可見到泛紅的微薄霧氣，預告著傍晚的到來。地面上，一片片的光影在樹蔭之間轉淡。梅爾索用力吸入那又苦又香的氣味，它見證了今晚他與大地的結合。今天這一晚落在世界上，落在小路的橄欖樹和乳香黃連木之間，落在葡萄藤蔓和紅土地上，就在輕輕吹拂的大海旁，今天這一晚如潮浪般進入他心中。多少個類似的夜晚，曾經在他心中猶如快樂的承諾，因而把今晚體驗成了快樂，讓他意識到，自己從希望到征服，走過了多麼漫長的一條路。在他天真的心中，他接受這片綠色天空和這塊浸濡著愛的大地，憑的是他以天真的心殺了薩格勒斯時，相同的一份深刻和欲望的悸動。

第五章

一月，巴旦杏樹開花了。三月，梨樹、桃樹和蘋果樹上覆滿花朵。再過一個月，各溪流悄悄漲大，隨即又回歸正常水流。五月初，割牧草，到了月底，收割燕麥和大麥。杏樹已吸飽了夏意。六月，最早成熟的梨子已隨著收割期出現。水源已開始乾涸，氣溫持續上升。儘管大地的血液在這一頭乾涸，卻在另一頭催化棉花開花，也為最早的一批葡萄注入糖分。空中颳著很熱的大風，把土地都烘乾了，也幾乎在各地引起火災。然後忽然間，一年過了大半。很快地，葡萄採收期結束。九月到十一月間的豪大雨橫掃大地。大雨之際，夏季的耕作才剛告一段落，各式播種的工作緊接著展開，且溪泉猛然暴漲，豐沛地噴躍。到了年底，有些田地的小麥已發芽，有些田地才剛犁完土。再過一段時日，巴旦杏樹再度於冰冷蔚藍的天空中轉白。新的一年在大地和天空裡繼續邁進。菸草已種下，葡萄已耕植且施肥，果樹已嫁接。同月，歐楂果成熟。又到夏季的收割和耕耘期。年中的時候，餐桌上多了許多碩大多汁且黏手的水果：無花果、桃子和梨子，人們趁打麥子的空檔大快朵頤。接下來葡萄收成時，天空被覆蓋。從北方無聲地飛來一片片黑壓壓的椋鳥和斑鶇。對牠們而言，橄欖已成熟。牠們經過不久後，即採收橄欖。濕黏的田地上，小麥再度發芽。同樣來自北方的層層厚重雲朵，從海上和陸地上飄過，如泡沫般掃刷水面，讓水晶般天空下的海面變得潔淨冰冷。數日之中，晚間遠方還出現無聲的閃電。首波寒氣降臨。

約莫這個時期，梅爾索首次臥床。胸膜炎數度發作使他無法外出，在臥房裡待了一個月。等他終於下床，什努亞邊側山坡上的樹已開滿花朵，一路迤邐到海邊。他從來不曾如此細膩地感受過春天。於是，康復後的第一個夜晚，他順著田地之間，緩緩走到蒂帕薩所沉睡的廢墟山丘。在一片充滿了天空細緻聲響的寂靜中，深夜宛如淌流在世間的乳汁。梅爾索行走在懸崖上，整個人沉浸在這一夜嚴肅的沉思中。稍下方的大海輕輕拂動，海上看起來滿是棉柔月色，如野獸般柔軟且光滑。此時此刻，他感覺自己的人生顯得如此遙遠，他孑然一身，對於一切和自己都漠然無感；梅爾索感覺自己好像終於達到了自己所尋覓的，而填滿他內心的平靜，乃萌生於他耐心持續的自我放逐，此放逐的尋覓和達成則歸功於這個世界，它熱情且毫無怒意地否認他。他輕步行走，腳步聲顯得陌生，但想必是熟悉的，那熟悉感就好比野獸在乳香黃連木樹叢裡的磨蹭聲、海浪拍擊聲，或天際深處深夜的躍動聲。他同樣地也感受到自己的身體，但也是憑著相同的外在意識，如這春夜的暖熱吹拂、從海上飄來的鹽味和腐臭味。他在世間的奔逐、他對快樂的要求、薩格勒斯滿是腦漿和碎骨的可怕傷口、在「眺望世界之屋」所度過的溫馨而深刻的時光、他的妻子、他的希望和天神，這一切現在都在他面前，但猶如眾多故事中最偏愛的一個，此偏愛並無明確理由，既陌生又隱隱地熟悉，那是一本討好且印證內心最深處的書，卻是別人所寫出來的。這是他頭一遭未感受到其他現實，只有一股對冒險的熱情、對力量的欲望，和對世界連結的一種明智且誠摯的本能。他無憤怒亦無恨意，因而了無悔憾。他坐在一塊岩石上，手指感受到它粗糙的臉孔，他望著大海在月光下無聲地漲大。他回想著他曾撫摸過的露希妍臉龐，想著她溫涼的嘴唇。在光滑的水面上，月亮宛如一灘油水，映出無數個游移不定的長長笑容。海水大概如一張嘴巴一樣溫涼，且軟懶得準備好要潛入一個人之下。梅爾索依然坐著，這時感覺到快樂離淚水多麼的近，完完整整在這片無聲的激昂裡，人一生的希望與絕望都摻雜交織在其中。梅爾索雖然知道卻又感到陌生，望眼欲穿卻又興趣缺缺，他明白自己的人生和命運就將在此結束，他今後的所有努力將用來湊合這份快樂，並面對可怕的真相。

他現在需要潛入暖熱的海裡，迷失自己以找回自己，在月色和溫涼中游泳，好讓內心屬於過去的部分閉嘴，並讓他快樂的深沉歌聲得以誕生。他脫掉衣服，走下了幾塊岩石，進入海裡。海水如胴體般溫暖，順著他的手臂逃逸，又以一種難以捉摸卻無所不在的擁抱，黏附他的雙腿。他規律地游著，並感受到背部的肌肉隨著動作而收放。他每次舉起手臂，就在廣大的海面上揮灑出無數銀色水滴，在無聲卻充滿生氣的天空面前，猶如一次快樂收穫的燦爛種子。然後手臂再度潛入水裡，宛若一把強勁的犁鏵，耕耘著、把水流一分為二，以從中獲得新的施力點，和一份更年輕的希望。在他身後，隨著雙腳的踢踏，冒出陣陣泡沫還有啵啵的水聲，在孤獨而寂靜的夜裡，聽起來出奇清晰。他感受著自己的節奏和活力，忽然變得激昂興奮，他前進得更快了，不久便遠離海岸，獨自一人來到深夜和世界的中央。他頓時想到自己雙腳下方有多麼深，於是停止動作。在他下方的一切，宛如一個陌生世界的臉孔，深深吸引著他，那是讓他回歸自己的夜晚的延伸，是生活中尚未探索過的鹽水核心。他心頭浮現一股衝動，但隨即被身體的雀躍所屏棄。他游得更用力且更往前。他感到美妙的倦怠，朝岸邊歸去。這時，他忽然捲入一道冰冷的水流，不得不停下來，牙齒打顫，手腳僵硬。大海的這項驚喜，令他驚嘆不已；這陣冰冷侵入他四肢，灼燒著他，就像神的愛，是一種既清晰又深刻的激昂，令他毫無招架之力。回來時比去時費力許多，他站在岸上，面對著天和海，牙齒打顫地把衣服穿上，一面快樂地笑著。

回去的路上，他感到身體不適。站在從海邊通往房屋的小徑上，可以看到正前方的岩石岬角、高大光滑的柱身，以及那些廢墟。忽然間一陣天旋地轉，他發現自己倚靠著一塊岩石，半是倒臥在一片乳香黃連木樹叢上，被壓斷的枝葉散發出濃濃氣味。他吃力地回到家裡。他的身體剛才帶他體驗極致的愉悅，現在卻讓他陷入主要集中在腹部的痛楚，迫使他閉上雙眼。他泡茶來喝。但他煮水時拿到一隻髒鍋子，結果泡出來的茶油膩到令人作嘔。他還是把茶喝了，隨即就寢。脫鞋子時，他注意到自己蒼白無血色的雙手，指甲非常粉紅，又長又彎，覆蓋了指尖。他的指甲從來不曾這樣過，使雙手看起來有一種殘酷而邪惡的感覺。他感覺胸口彷彿被鉗子箝住。他咳嗽並咳吐了幾次，不過口中有一股血腥的味道。他躺在床上，開始渾身打冷顫。他感覺冷顫從身體末梢竄上來，猶如兩道冰冷水流在肩膀處會合，他的牙齒在被子上打顫，彷彿床單濕透了似的。房子顯得廣大空曠，一些他聽過的熟悉聲響，瞬間無限擴大，彷彿沒有任何牆壁能阻擋它們的迴盪。他聽到水流和鵝卵石翻騰的大海、大玻璃窗外躍動的深夜，還有遠方農莊的狗吠。他覺得熱，把被子撥開，又覺得冷，把被子拉回來。這樣地擺盪於兩種痛苦之間、使他遲遲無法入眠的昏沉和不安，讓他忽然意識到自己生病了。他感到焦躁，因為想到自己可能在這種昏沉中死去，而無法看清自己的前方。鎮上教堂的大鐘響了，他卻聽不出敲了幾聲。他並不想生病而死。至少對他而言，他不希望生病是一般見到的那樣，是一種衰退、一種通往死亡的過渡。他下意識仍希冀的，是用充滿血色和健康的人生來面對死亡，而不要已有死亡在場，和已幾乎是死亡的事物在場。他站起來，艱困地拉了張沙發到窗前，裹著棉被坐下來。薄窗簾外，在窗簾沒有縐褶的地方，他看到星星。他深深吸氣，緊握沙發的扶手，以緩和顫抖的雙手。他想要重拾清明的神智。「可以的。」他心想。同時，他想到廚房的瓦斯沒關。「可以的。」他不斷這麼想著。清明的神智也是一種漫長的耐心。凡事都能贏得或爭取。他握拳打在沙發的扶手上。沒有人天生就強、就弱或意志堅定。是後來才變強，後來才變得神智清明。命運不在人身上，而在人的四周。他發現自己落淚了。一種無以名狀的軟弱，一種因病而起的懦弱，使他回到童年，回到淚水。他感到兩手冰冷，心中有一股強烈反感。他想起自己的指甲，搓了搓鎖骨下方顯得無比巨大的瘤結。外頭，世上一片美好。他不願拋下自己想要活著的欲望和渴求。他想起在阿爾及爾的那些傍晚，在鳴笛聲召喚下，人們從工廠出來時的嘈雜聲升向綠色的天際。在苦艾的氣味、廢墟間的野花，以及薩赫勒地區周圍柏樹的孤獨中，編織著一種人生的畫面，其美麗與快樂迎向絕望，梅爾索從中感受到某種稍縱即逝的永恆。他不願拋下它，而且即使他不在了，這畫面仍會持續下去。他滿腔的憤恨和不屑，頓時又想起薩格勒斯望向窗外時的表情。他咳嗽咳了許久。他呼吸困難。睡衣令他窒息。他覺得冷。他覺得熱。他心中燃燒著紊亂的熊熊怒火，他緊握雙拳，全身血液在腦袋裡怦怦跳著；他眼神空洞，等待新的一波寒顫讓他再度陷入盲目的高燒。寒顫來了，讓他墜入一個濕潤而封閉的世界，他雙眼闔上，一併阻止了那野獸的暴動，牠嫉妒他的渴和餓。但就在快要睡著之前，他看到窗簾外的夜色稍微轉亮，並隨著黎明和世界甦醒，聽到像是溫柔和希望的強烈召喚，想必化解了他對死亡的恐懼，同時也安撫了他，讓他知道他將在曾是促使他活著的理由當中，找到死亡的理由。

他醒來時，太陽已升上不少，許許多多鳥和蟲在溫暖的氣溫中鳴唱著。他想到露希妍今天就將抵達。他心力交瘁，費力地躺回床上。他口中殘留著發燒的味道，還有虛弱的感覺，在病人眼中，那使事情顯得更艱困，也使別人顯得更難以相處。他把貝爾納請來。貝爾納來了，依然沉默寡言且行色匆匆，他替他聽診，脫下眼鏡擦拭鏡片。「不好。」他說。他替他打了兩針。打第二針時，梅爾索儘管不太虛弱，竟暈了過去。他醒過來時，貝爾納一手握著他的手腕，一手拿著表，凝視著秒針一格一格移動。

「你看，」貝爾納說，「昏厥了十五分鐘。你的心臟無力。要是再昏厥一次，你可能醒不過來。」

梅爾索閉上雙眼。他疲憊不堪，嘴唇乾燥又蒼白，呼吸急促。

「貝爾納。」他說。

「是。」

「我不要死於昏迷中。你知道，我需要看清楚。」

「是。」貝爾納說。他開了幾瓶安瓿[9]給他。「你若感到無力，就開來喝掉。這是腎上腺素。」

---

9 安瓿（Ampoule），小型藥液玻璃容器，服用時將瓶子末端折斷即可開啟，但使用不易，現已罕見。

貝爾納走到門口時，遇見剛剛到來的露希妍。

「依然美麗動人。」他說。

「梅爾索生病了？」

「是的。」

「嚴重嗎？」

「不嚴重，他很好。」貝爾納說。然後，離去前：「對了，建議你，盡可能讓他獨處吧。」

「喔，」露希妍說，「所以沒事嘛。」

一整天，梅爾索都呼吸困難。他兩度感受到冰冷而頑強的空虛，意欲將他再次吸入昏迷之中，但腎上腺素兩次都把他從液態深潛中拉了回來。一整天當中，他深邃的雙眼望著美好秀麗的田野景色。四點左右，一艘寬寬的紅色小船出現在海面上，逐漸變大，因陽光、水和魚鱗而閃閃發亮。佩雷茲站在船上，規律地划著。暮色迅速降臨。梅爾索閉上眼睛，自昨天以來，首次微笑了。他依然不發一語。露希妍已在他房裡待了一陣子，她有些許不安，立刻衝上前去擁吻他。

「坐吧。」梅爾索說，「你可以待在這裡。」

「別說話，」露希妍說，「那樣你太花力氣了。」

貝爾納來了，替他打了針，又走了。大片大片的紅色雲朵從天際緩緩飄過。

「小時候，」梅爾索頭深陷在枕頭裡，雙眼望著天空，吃力地說，「母親告訴我，雲朵是上了天堂的死人的靈魂。靈魂居然是紅色的，我聽了很高興。現在，我知道那多半表示要起風了。但仍然很好。」

入夜了。開始出現畫面。一些巨大的幻獸，在空曠的田野上方點頭。梅爾索在高燒中，輕輕將牠們推開。他只讓薩格勒斯兄弟般的血淋淋臉孔親近。將別人賜死的人，現在將要死了。就像當時薩格勒斯那樣，他清晰地回顧自己的人生，是以一個「人」的觀點去回顧。到目前為止，他一直在過活。現在，可以蓋棺論定了。從前曾帶著他大步奔馳向前的魯莽衝勁、從前人生中那若隱若現且充滿創造力的詩意，現在只剩下毫無緲痕的真相，它恰恰是詩意的相反。在他背負的所有人當中，就像每個人於此生一開始所背負的那樣，在那些讓彼此盤根交錯卻不互相混淆的人當中，他現在知道自己是哪一個人了：由人創造命運的這項抉擇，他是在神智清楚下，憑著勇氣完成的。這便是他活著和死去的快樂。他曾如野獸般驚慌失措地看待死亡，現在他明白，害怕死亡就是害怕活著。對於死亡的恐懼，說明了人對於活著有著無盡的依戀。而所有那些沒有做出關鍵舉動提升自己人生的人，所有那些畏懼並頌揚無能的人，他們皆害怕死亡，因為死亡會為人生帶來懲罰，而這人生是他們未曾參與的。他們從來不曾好好活著，所以活得不夠。而死是一種姿態，使拚命想止渴的旅人從此再也找不到水。但對其他人而言，死是個致命又溫柔的舉動，能抹煞和否認，對於接受或不接受都一笑置之。他手放在夜桌上，頭伏在手臂上，在床上坐了一天一夜。他躺下來便無法呼吸。露希妍坐在他身旁，不發一語望著他。梅爾索偶爾看看她。他心想，在他死後，第一個摟她腰肢的男人便將使她軟化。她的整個人和乳房將獻出，就像她曾獻給他那樣，然後世界將在她微張的溫暖嘴唇之間繼續運轉。有時候，他抬起頭，望向窗外。他滿臉未刮的鬍碴，眼眶發紅且深陷，眼睛失去了原本深邃的光澤，灰藍短髭下的臉頰凹陷又蒼白，使他徹底變了個人。

窗戶上映出他病貓般的眼神。他深呼吸，轉向露希妍。於是他微笑了。而在這張一切都節節敗退並瓦解的臉孔上，這抹堅實而心神清明的笑容，展現出一股新的力量、一份輕快的嚴肅。

「還好嗎？」露希妍以微弱的聲音說。

「還好。」說完他又回到雙臂間的夜晚裡。他的體力和抗拒力都將耗盡，於是他第一次且從內在，接觸了最初笑容曾令他厭煩的羅蘭．薩格勒斯。他短促的呼吸在大理石的夜桌上留下濕潤水氣，它把他的溫度又反射回來。

在這陣不斷浮上來的不祥溫涼感之中，他更清楚感受到手指和雙腳冰冷的末端。這本身即意味著一種生氣，而在這樣從冷到熱的過程中，他體會到薩格勒斯當時的激昂，理解了他何以感謝「人生容許他得以繼續燃燒」。他熱烈愛上這個如兄弟般的人，他以前感覺自己離他好遙遠，現在明白由於殺了他，自己就此與他緊密結合，從此永不分離。這段淚水的沉重歷程，在他內心猶如一種融合了生與死的滋味，他了解到這是他們兩人的共通點。薩格勒斯面對死亡時完全不為所動，他從當中也看到了自己人生中隱晦而艱難的一面。高燒有助於他如此看待，他也激昂地確信，自己必將保持意識清楚直到最後，並要睜著雙眼死去。那天，薩格勒斯也是睜著雙眼，且有淚水在眼眶裡打轉。但那是不曾有機會參與自己人生的人的最後脆弱。梅爾索並不害怕這種脆弱。在總是於身體邊界幾公分處停下來的陣陣高燒脈搏中，他也明白了自己將不會出現這種脆弱。因為他稱職地扮演了自己的角色，完成了身為人唯一的義務，即只求快樂。想必不能算久。但時間對這件事本身並無影響。它只能是某種障礙，或者什麼也不是。他摧毀了障礙，而他在內心所醞釀的這位兄弟，是兩年或二十年並不重要。只要他曾經存在過，那就是快樂了。

露希妍站起來，替梅爾索把從肩膀滑落的被子蓋好。這個舉動使他直打哆嗦。自從他在薩格勒斯別墅附近的小廣場上打噴嚏那天，直至此時此刻，他的身體一直忠實地服侍他，帶著他見識世界。但同時，它並未與他外表所呈現的那個人結合，繼續過著我行我素的生活。這些年來，它歷經著一段緩慢的崩解。現在，它已完成了任務，準備好要離開梅爾索，把他還給世界。梅爾索意識到自己被迫承受的冷顫，這又是一次的默契，這默契在過去已為他們博得那麼多的喜悅。光是基於這一點，就足以讓梅爾索視冷顫為喜悅。意識，這就是現在所需要的，毫不欺瞞，毫不退卻，獨自和自己的身體面對面，睜大眼睛直視死亡。這是男子漢的擔當。什麼都沒有，沒有感情也沒有布景，只有一片孤獨和快樂的無盡荒漠，梅爾索在這裡打出手上的最後幾張牌。他感到自己呼吸變得微弱。他吸入一口氣，而在這個舉動中，他胸口如管風琴般呼呼作響。他感到小腿很冰冷，雙手沒有感覺。天亮了。

這個新的早晨滿是鳥群和清新。太陽升起得很快，一下子就跳到海平線之上。地面上覆滿了金色和暖意。在早晨中，大片大片的跳躍色塊，為天空和大海濺灑上藍色和黃色的光芒。起了一陣輕風，從窗外飄來一股帶著鹽味的氣息，吹拂梅爾索的雙手。中午，風停了，太陽猶如成熟的果實般爆開，在整個世界間它如溫暖而濃稠的汁液傾洩而下。這時忽然蟬鳴四起。海面上覆滿了油水般的金黃汁液，並向滿載著陽光的陸地發送出一波熱氣，並使陣陣苦艾、迷迭香和烤熱岩石的芬芳飄了上來。梅爾索從床上察覺到了這份震撼和獻禮，他睜開雙眼，看到浩瀚圓曲的大海，海面火紅，滿是天神的笑容。他赫然發現自己坐在床上，且露希妍的臉就在他自己臉旁邊。一顆石頭彷彿從腹部開始，緩慢地一路往他喉嚨爬上來。他呼吸得愈來愈急促。它持續攀升。他望著露希妍。他毫無抽搐地微笑著，這笑容也是來自內在。他倒臥在床上，細細感受體內那股緩慢的湧起。他望著露希妍飽滿的嘴唇，以及在她後方，那大地的笑容。他以相同的眼神、相同的欲望，凝望他們。

「再過一分鐘，一秒鐘。」他心想。那股湧起停止了。他成了眾石子間的一顆石子，在內心的喜悅中，回歸靜止世界的真相。

Albert Camus
卡繆年表

麥田編輯部整理

生前

一九一三年　十一月七日生於法屬阿爾及利亞，父親Lucien Auguste Camus為阿爾及利亞法國移民第二代，母親Catherine Hélèn Sintès則為西班牙移民。

一九一四年　父親Lucien Camus死於一次世界大戰馬恩河之役。

一九一八年　入培爾克公立小學就讀。

一九二三年　通過畢業會考，入阿爾及爾中學就讀；為紀念卡繆，該校已改名為阿爾貝・卡繆中學。

一九三〇年　入阿爾及爾大學，就讀哲學系。染上肺結核。

一九三四年　與Simone Hié結婚。Simone Hié出身上流社會，為成功的眼科醫師之女，卻染有藥癮。後因Simone Hié以性交向一名醫師換取藥品，兩人遂告仳離。

一九三五年	工人劇院創立。
	獲哲學學士學位。
一九三六年	與Simone Hié離婚。
一九三七年	出版《非此非彼》（*L'Envers et l'endroit*）。
一九三八年	出版《婚禮》（*Noces*）。
	加入《阿爾及爾共和報》（*Alger-Républicain*），成為記者。
一九三九年	工人劇院結束營業。
	志願加入法軍，但因健康問題遭拒。
一九四〇年	與數學教師Francine Faure結婚。
	發表一篇有關阿爾及利亞伊斯蘭教徒處境的文章，因而丟了工作。
	赴法國任《巴黎晚報》（*Paris-Soir*）記者。
一九四一年	投身法國抵抗運動，反抗納粹德國。
一九四二年	出版《異鄉人》（*L'Étranger*）。

一九四三年　成為地下刊物《戰鬥報》（*Combat*）編輯。
結識沙特。

一九四四年　雙胞胎兒女Catherine Camus與Jean Camus出世。
出版《卡利古拉》（*Caligula*）、《誤會》（*Le Malentendu*）。

一九四七年　出版《鼠疫》（*La Peste*）。

一九四八年　出版《戒嚴》（*L'État de siège*）。

一九四九年　出版《正義之士》（*Les Justes*）。

一九五〇年　出版《時事論集Ⅰ》（*Actuelles I: chroniques* 1944-1948）。

一九五一年　出版《反抗者》（*L'homme révolté*），書中對蘇聯與共產黨的抨擊導致與沙特的決裂。

一九五三年　出版《時事論集Ⅱ》（*Actuelles II: chroniques* 1948-1953）。

一九五四年　出版《夏日》（*L'Été*）。

一九五六年　出版《墮落》（*La Chute*）、《修女安魂曲》（*Requiem pour une nonne*）。

一九五七年	出版《放逐與王國》（*L'exil et le royaume*）。
	出版《思索斷頭臺》（*Réflexions sur la guillotine*）。
	榮獲諾貝爾文學獎。
一九五八年	出版《時事論集三》（*Actuelles III: chroniques* 1939-1958）。
一九五九年	出版《附魔者》（*Les Possédés*）。
一九六〇年	出版《抵抗、反叛與死亡》（*Resistance, Rebellion, and Death*）。
	一月四日死於車禍。
逝後	
一九六二年	《札記一》（*Carnets, tome1,* Mai 1935-Février 1942）出版。
一九六四年	《札記二》（*Carnets, tome 2,* Janvier 1942-Mars 1951）出版。
一九七一年	《快樂的死》（*La mort heureuse*）出版。
一九八九年	《札記三》（*Carnets, tome 3,* Mars 1951-Décembre 1959）出版。
一九九五年	《第一人》（*Le premier homme*）出版。

GREAT! 23 **快樂的死**
La mort heureuse by Albert Camus

作　　者	卡繆（Albert Camus）
譯　　者	梁若瑜
特約編輯	曾淑芳
封面設計	莊謹銘
責任編輯	巫維珍
編輯總監	劉麗真
事業群總經理	謝至平
發 行 人	何飛鵬
出　　版	麥田出版 地址：115台北市南港區昆陽街16號4樓 電話：(02)2500-0888 傳真：(02)2500-1951
發　　行	英屬蓋曼群島商家庭傳媒股份有限公司城邦分公司 地址：115台北市南港區昆陽街16號8樓 網址：http://www.cite.com.tw 客服專線：(02)2500-7718｜2500-7719 24小時傳真專線：(02)2500-1990｜2500-1991 服務時間：週一至週五09:30-12:00｜13:30-17:00 劃撥帳號：19863813　戶名：書虫股份有限公司 讀者服務信箱：service@readingclub.com.tw
香港發行所	城邦（香港）出版集團有限公司 地址：香港九龍土瓜灣土瓜灣道86號順聯工業大廈6樓A室 電話：+852-2508-6231 傳真：+852-2578-9337
馬新發行所	城邦（馬新）出版集團【Cite (M) Sdn Bhd】 地址：41, Jalan Radin Anum, Bandar Baru Seri Petaling, 57000 Kuala Lumpur, Malaysia. 電話：+603-9056-3833 傳真：+603-9057-6622 電郵：services@cite.my
麥田部落格	http:// ryefield.pixnet.net
印　　刷	前進彩藝有限公司
初　　版	2014年4月
初版22刷	2024年9月
售　　價	250元
I S B N	978-986-344-074-1

國家圖書館出版品預行編目資料

快樂的死／卡繆（Albert Camus）著；梁若瑜譯. ——
初版. —— 臺北市：麥田出版：家庭傳媒城邦分公司
發行, 2014.04
面：　公分：——（Great!；RC7023）
譯自：La mort heureuse
ISBN 978-986-344-074-1（平裝）
876.57　　　103004427

城邦讀書花園
www.cite.com.tw

Printed in Taiwan.
本書若有缺頁、破損、
裝訂錯誤，請寄回更換。